女の一生

松 乙梨恵
Matsu Orie

風詠社

女の一生◉目次

第一章　輪廻転生

前世

その時、乙梨恵《おりえ》は夢を見ていた。

龍の自分が遥か空を飛び、山に囲まれ湖がある大空を舞っている。山々があり湖そして平地が見える。あの湖へ降りようと悠々と大きく旋回しながら、すうっと湖へ降りた。と突然、龍体がお姫様の姿に変わり、湖へ降りた龍女は湖の上を歩きはじめる。普通なら沈むはず、そう、人間は湖面の上は歩けないのに、その姫（龍女）は湖水の上を平気で歩んで行く。ふと振り返ると、歩いて来た跡が道になっている（私が子供の頃に見た夢だが、五十年経った今でも、昨日の事の様に鮮明な記憶として脳裏に、はっきりインプットされて忘れられない）。

また、ある日の夢……海が大荒れで、ある小さな島の人々を救おうと大きな龍体の自分が、川尻の恵毘須神社の横に尻尾を置き、そこから、その島に自分の龍体を横たえ、橋にして救おうとしていた。その島の一軒の家を覗き込み「私の背中に乗れ！」と目で合図する。しかし、その姿があまりに恐く、皆、逃げ惑う。私は救いたいのに何故分かってくれない、そんな変な夢。自分が龍の姿の夢を何度か見ていた。不思議な夢で、その夢はずっと脳裏に鮮明に染み付いている。

九頭龍

月日が流れ乙梨惠は百貨店の婦人服売場で働いていた。ある日、勤務中に突然、勝手にイメージが飛んで来てはっきり見えた。人気の無い鬱蒼とした山の中、寂れた神社と、その下の方に湖か川が見える。何処だろう?……福井県の山奥、ひっそりと九頭龍の祀られている神社だ。暫くして、その夢が気になりだす。九月頃だろうか、そこへ行かなくてはとしきりに思う。しかし、福井と言うだけで、詳しい事は何も分からない。ネットに疎いアナログな娘に調べる術もなく、取り敢えず友達や周りの人々にネット等で探してくれるように頼むしかなかった。

そして日々は過ぎ十二月頃になり、その夢が凄く気になりだし義務感さえ覚え、どうしても行かなくてはと思う気持ちが膨らんでいく。頼んでおいた人達もその神社を見つけられず……しかしどうしても今年中には御参拝を!と思う心が強くなる。久し振りに電話をくれた木内さんに、いきなり「命だけは大切にしてね!」と言われ、また、中越《なかごえ》さんからは「投身自殺したりしてな!」なんて冗談を言われたり、今回の事が自分の生命に関わる事のように思えてきた。何かの使命を感じるが、それが何だか分からない。もしかしたら、そこへ行けば私は死ぬのか? 例え死んだとしても、自分に何らかの使命があるのなら行かなくては……でも突然に姿を消したら周りに迷惑がかかってしまう。誰かには知らせておかなければといろんな妄想が渦巻く。たまたま、十二月十八日、十九日が連休だから、その日に行くしかない。イメージはあるから、直接現地に行って捜そうと単純な乙梨恵は考えた。

　出かける事を誰に知らせるべきか。そうだ、陽子にだけは知らせて行こうと十二月十三日、昔、夢で見た場所にそっくりな平安郷で待ち合わせ陽子に全てを話した。先日の私の電話で、すでに死を覚悟し、生命に関わる事だと感じていた陽子も「そこまで思っていたら行くでしょうから止めない。死ぬ事も乙梨恵の使命ならば、仕方ないね」と分かってくれ陽子と別れた。私はもう一度、大彌勒《おおみろく》様にご挨拶して、口の上に金粉が付いていた（吉兆）。平安郷を後に、広沢池の向こう岸辺にある観音島へ向かう。そこの十一面観音様へ御報告、ご挨拶をして何処へともなく歩きはじめた、足は勝手に釈迦堂へ向かっている。中には入らず外から祝詞、ご挨拶していると目の前に、生身の等身大のお釈迦様の姿が、あまりにはっきりと現れられたのにはビックリ！（私には時々、漫画のような考えられない、デジャブが起こります）。足はそのまま二尊院の方へと向い、また驚き！　何と「九頭龍弁才天」と看板が出ているではないか……後で調べたら昔のパンフレットには「九頭龍弁才天」と載っていないのだ。「九頭龍弁才天」とお知らせ頂いたので拝観させて頂かなくては！と思ったが、その頃の乙梨恵は金銭的にも苦しかったので、僅か五百円の拝観料にも躊躇したが、やはり行かなくてはと思い拝観する事にする。まずご本尊様にご挨拶して、受付で九頭龍の祀られている場所を聞きそちらへ向う。九頭龍の祀られている階段の下まで来た時、先ほどの社務所の人が走って私の所へ来られ「すみません、これ（手拭）を持って行って下さい」と「これを差し上げます」なら分かるけれど「これを持って行って下さい」とは、どういう意味？と思ったが、取りあえず有り難く頂戴して、九頭龍の祀られている所へ登って行く。祝詞を上げようとすると、九頭龍の足元からピカッと二つの光が飛んで来たのには驚き、周囲を見回したが何処からもライトアップも出来ない場所。

福井から帰り数日後、友とお茶しながら、その時の不思議な話をすると友が「光が二つ！　それは龍の目でしょう」と疑問に答えてくれた。それから時が過ぎ、あの時の話題になった時、友は「私そんな事言った覚えが無いし、言う訳が無い」と彼女は言わされ、私は聞かされたのです。

まぁいいかと祈り始め、祈り終わって、先ほど粗品の手拭いを下さったので聞き易くなり、再度社務所へ行き「ここには九頭龍が祀られていますが、福井の何処かに、寂れた神社で九頭龍の祀られている神社をご存知ないですか？」と聞く。お店で言えば姉妹店のようなもので、分かるのではないかと思った。社務所の人に「何故ですか？」と聞かれ「私にも分からないけど、こちらに九頭龍が祀られているので、ご存知ないかと思って」と言うと「不思議な事もあるものですね。三日前に『九頭龍の祀られている所へ行け！』と神様からの夢のお告げにより、三人の女性が奈良から来られ、九頭龍の事をいろいろ聞かれましたので、その人達にここにある資料を全部差し上げて、今は何もありません。その人達はその後、浄福寺のお坊さんに話を聞く為にタクシーで行かれました」と。

社務所の人に「不思議な事が続きます。何かあるのですか？」と聞かれたが、「私にも分からないけど、福井の山の中の寂れた神社に、九頭龍が祀られているはずだから」と言い、逆に「何かあれば、教えて下さい！」と言われた。この話をすぐに陽子に電話すると「気持ち悪い、ぞっとするわ！　それは本当に行かなあかんやろう！」と言われ、まだ半信半疑で百パーセント行くとは決めていなかったが、やはり行かなければいけないんだ！と思った。その後、所属していた十三教会へ帰り玄関の扉を開けた途端、中越先生が私の顔を見るなり「乙梨恵ちゃんゴメン忘れてた、すぐに電話するわ」と知人に電話を入れてくれ代わった。私が説明すると「聞いた事がある気がします。調べますのでまた明日電話を下さい」と。次の日、電話をして「在りましたが、十二月で雪も深く、とてもじゃない行けないので来年、春が来て暖かくなって、お花が咲く季節の良い頃に来られたらどうですか？」と、しかし私は今年中が気になっていたので「無理ですかね？　出来れば今年中に行きたいと思うのですが」と言うと、そんなに強く言ったつもりはなかったのですが「そこまで行きたいのなら、膝までの長靴とスコップを持って、雪を掻き分けながらでも行く気があるのなら行けなくもないと思いますが」と言われました。そして、また明日電話すると約束をして、次の日電話したらお世話人さんが出られ「神社はありました。ご案内します。長靴もお貸しします」と言われ、私はただの信者で自分の感じるままに動いているだけ、ましてや世話人さんにご案内頂くなんて、とんでもないと思っていたが結局、案内頂く事になる。雪が深いと言われたので「神様、雪を風で吹き払い、雨で雪を消して下さらないかな！」と軽い気持ちで口にしていた。実際にそんな事が起こり、雪がある程度消え私が呟いたような状態が起きたと言われた。世話人さんが下見に行ってくれた時、誰も来ないような神社で参拝者も居ないはずなのに、その日は偶然に、そこの神社をお守りしている人が来られていた。しかも、見に行ってくれた人とお守りしている人が、十年前位に出合い顔見知りの間柄で十年振りの偶然である（よく覚えていたものだ）。大阪から、こういう人が来たいと言っていると話して下さったら、「丁度年末なので大掃除は済んでいます。鍵も貸してあげます」暖房も用意され「ご自由にどうぞ！」と信じられない事が次から次へ起こっていた。行く前日、十七日夜、神社の住所が「さびらき」と分かり、私は「左開？」、霊界の扉を開く為に行くのだと感じた。家に帰る途中、目には見えないが突然、何か凄い大きな龍のような動物の口で、胃の辺りを噛み付かれ異常な痛さ！これは、明日の邪魔をされていると思い、叱るように大きな声で「私は必ず行くのだから、邪魔すんじゃねえ！　邪魔すると承知しないからな！　許さないからな！」と怒鳴る。すると嘘のように痛みは消えた。帰宅すると今度は信頼していた先生から電話で、陽子から聞いたと「九頭龍は悪神だから、行くのを止めなさい！」とストップがかかり私が「九頭龍が悪神？　良い龍と思っている」と言うと、いろんな説があると。確かに以前、悪神が心を入れ替えたと、箱根神社に書かれていたのを見た覚えがある（芦ノ湖の九頭龍伝説……その昔（今から千二百五十年以上）、毒龍は形を改め、龍神に帰依しました）。萬巻上人が湖中に石壇を築いて調伏の祈祷を行ったところ、民に被害を与えていた毒龍に対し、

「私は大野の人達と約束しているので止める訳にはいきません。約束は守りますから！」と言うと先生「それなら仕方ない。その神社の六メートル？（三メートル？かも、記憶が定かでない）手前まで行って何か少しでも嫌な感じがしたら、そこから一歩も前に進んではいけないよ！」と言われ……それを聞かされたら脳にインプットされ行ける訳がないと思っていた。何者かが、いろんな形で邪魔しようとしている。翌十八日越美北線で大野へ向う途中、白銀の世界が神秘的でとても美しかった、途中でこんな積雪だから、もっと奥の神社付近はさぞ雪が深いだろうと覚悟した。大野駅で世話人さんお二人が車で出迎えて下さった。神社が近付き、昨日聞かされた九頭龍が悪神の話、六メートル？前の話等すっかり吹っ飛んで忘れてしまっていて、逆にルンルン気分で、しかも周りはもの凄い積雪だが、神社の手前から階段の雪はすっかり消えている。

私は「雪、大した事ないじゃないですか」と言うと、お二人が「先日の雨風で雪が大分溶けたのよ」と神様のなさる事は凄いと思った。

そして私が行くのを止めようとした先生はその後、自分の言う事を素直に聞かなかった私への態度が変わった。人間、どんなに偉いと言われる人でも、いえそういう人こそ小さいし悲しいね！と思う。そんな人は少ないと思いたいけど。

麻耶姫《マナヒメ》

私は龍女で、子供の頃に何度も夢で龍の姿の自分を見ている（誰にも言いたくないし知られたくない秘密で、ただ一人、心の奥底に閉じ込めていた）。その一つが、麻耶姫。

太古の時代、私が龍神であった頃、九頭龍神の番《つがい》の妻神であった。輪廻転生を繰り返し麻耶姫として生まれ、長者さんの一人娘として九頭龍湖の近くに生を受けた。時が過ぎ麻耶姫は心優しく美しい乙女に成長した。その地域に長い日照りが続き、田畑はひび割れ、村人は米も野菜も作られず貧しさに困窮していた。長者さんは村人の為にも、日夜神様に祈り続けていた。そんなある日、うとうとしていた長者さんの夢枕に女神が現れ「この干ばつは、龍神の怒りによるものです。そなたの娘の麻耶姫を龍神に捧げるならば、雨を降らしましょう！」とお告げがあり……たった一人の可愛い愛娘を生け贄に捧げなければならないなんて、可愛い一人娘を犠牲には出来ないと、麻耶姫には言えずに一人苦しむ長者さんでした。その事を知り、そんな父を見かねた麻耶姫は「私一人の身で村人を救えるのなら、私は喜んで龍神の元へ参ります。お父様、お母様、苦しまないで下さい」と告げて、その日の内に、白衣の姿で龍神の住む川へ身を沈めました……するとにわかに天が曇り、滝のような大粒の雨が干からびた田畑を潤し、新芽が唄い出す様に踊り出し、みるみる緑が太陽に映え、美しい花々も木々も笑い声が聞こえるようでした。村人にも、明るい笑顔、声が戻って来ました。それは九頭龍が自分の妻神を、自分の元へ返して欲しいとの願いで、日照りを起した事だったのです。麻耶姫に生れ変わった妻神が自分の元へ帰って来たので、妻神の願いを叶えて、約束通りに雨を降らせ村人を救ったのでした。村人達は、心優しく美しい姫を慕い毎年、姫を弔う祭を行ったと言い伝えられています。そして今回の参拝になる。

神社の中へ入り、私は神言祝詞を上げたいので、お二人にお願いしたら祈りの栞を車に置いて来たからと取りに行かれ、その間「中をお好きにどうぞ」と言われ、普通は結界の中へは入れないので「結界の中も、入って良いのですか？」と聞くと「全部良いと言われたから！」と言われ、一人残った私は勝手に結界の中にも入ってみる。するとそこに昔見た夢の中で、龍が姫に変わった自分が、人形の姿になって居た。それを目の当たりにした途端、咽ぶように止めどもなく号泣しました。

私は麻耶姫の生まれ変わりで、その自分に会えたので、言いようのない感激で激しく号泣したのでした。その時、初めて自分の前世が分かったのです。私は自分の前世を知って、そのすぐ後に「白山にご挨拶に行け」と言われたのです。私の前世である麻耶姫との対面を終わり……。

菊理媛《ククリヒメ》

その後、大野のセンターに戻り、その日初めて会って案内して下さった世話人さんが、さらに私の面識のない先生に電話でコンタクトを取って下さり、話をするように言われました。先生は私が来た理由を懇々と説明して下さいました。そこの住所は佐開《さびらき》で、私が寂れたと言っていたのは実際に寂れた神社という意味ではなくて、言霊で、そこの住所の「佐開」を寂れたと言ったのだと言われ、最後に「今から、菊理媛の祀られている白山神社に行きなさい！」との命を受けました。私は、皆さん初対面で「無理です」と断りました。そしたら先生が「白山に登れと言っているのではない。近くに白山神社があるから、そこから遥拝すれば良いんだ。そこの人達は連れて行ってくれるから頼みなさい」と何度も「行け！」「行けません！」の押し問答。先生も私も頑固で最後に先生が「何言ってんだ。菊理媛は、宇宙創世の一番初めの凄い重要な神様なのに、それを行かないでどうするんだ」と怒鳴られましたが、その時の私は、菊理媛の「く」の字も聞いた事もなく、菊理媛が何者か、菊理媛様の事は全く分かっていませんでした。仕方なくその日は「また、必ず出直して来ますので、今日は許して下さい」と帰りました。

数年後、約束の白山神社にお参りしましたが、殆ど人気のない神秘的な広い敷地内のどこにも「菊理媛」と書かれた所がありません。仕方なく、登りつめた奥の「白山妙理大権現」と書かれたお堂の所で、祝詞を上げご挨拶しました。そしてそこの人が、またその先生に面談を取って下さっていて、先生にお会いして「先生、あの時はしつこく、白山の菊理媛様にご挨拶に行け！と言われましたよね。今日お参りに行って来ましたが、何処にも菊理媛と書かれていませんでした」と報告すると先生は「えっ？　僕がそんな事を言いました？」と、私は「だってあの時あれだけしつこく、菊理媛様は宇宙創世の一番初めの重要な神様なのに、それをご挨拶に行かないでどうするんだ！と言われたじゃないですか！」と言うと先生はまた「えっ、私がそんな事を言いました？　言わされたんですね。私はそんな事、知りませんもん」と言われました（文献にも、何処にも無いと思われる）。その先生は言わされて、私は菊理媛様の重要性を知らされ、そしていろいろ不思議な話をして下さり、次に「下山仏のある、白山本地堂へ行け！」と指し示して下さいました。

それから十年以上の月日が流れ、その頃私は神奈川県の藤沢に住んでいました。大分県で新潟の庭山さんと知り合いお話ができ、彼は神様の事等とても詳しく勉強され、ご存知だったし書かれていたので教えて頂きたいし、私はいつか自叙伝を書きたいと思っていたけど、文才も無く何からどう始めたら良いのかも分からなかったので、それもじっくり教えて頂きたく、ご自宅にお伺いする事をお願いしました。七月の月次祭に来たらと言って頂き、知人と二人でお伺いしました。お祭りが終わり、なおらいの時に色々なお話の中で「自叙伝については日記のようにメモをしておきなさい。あなたが死んだら誰かが書いてくれる」と素っ気無く言われ、自分の得意分野は、いくらでも喋るけど冷たいと思いました。その庭山さんが私より先に霊界に帰られ、彼の本を私が出す努力をするとは、人生は分からないものだと、つくづく思いました（彼の本〝この世の結び　菊理媛〟を出す予定です）。

庭山さんとの話の中で、白山妙理大権現＝菊理媛と分かりました。庭山さんのお父さんは、霊界で妙理神に遣えていると……菊理媛大神は日本書紀に一箇所だけ登場、黄泉の国との境界で対峙する、伊邪奈岐尊、伊邪奈美尊、二神の前に現れたのが菊理媛様で、夫婦喧嘩の仲裁をされました。そしてその言葉を聞き入れた伊邪奈岐尊は、黄泉の国の穢れを清める為に水で身体を洗い清める禊を行い、その時に天照大御神や月読尊、素戔嗚尊ら多くの神々が生れたとあります。謎に包まれた国津神、別名、白山権現、白山妙理、白山媛神。この神が知られたのは、泰澄大師が夢のお告げで白山山頂に登って修行を続けると、目の前に九頭龍が現れ、さらに一心に祈ると妙理大権現の本地仏である十一面観音の姿に変わりました。実は菊理媛様の化身だったのです。ここから白山信仰が始まりました。菊理媛様は「くくり」と言い、人との縁を結びます。

一時、白山信仰はしだいに廃れていきました。何故、廃れたか、白山神社に参拝すると困難な事ばかりが生ずる（浄化）、試練ばかりが与えられて十年以降に、あの時の試練で自分は成長したと思われる器の大きい人ならそう思いますが、しかし参拝者は一般庶民なので菊理媛大神様を拝むと困難な事ばかりが生ずると思われて次第に、だんだん廃れ埋没神として他の神として押し込められたような形になりました。これは国常立大神様と同じ運命を菊理媛様も辿られたのです。

時が来て今、菊理媛様は、世界の中心として……。

一九九〇年位まで押し込められて、社長が参拝すれば従業員が逃げる、カップルで参拝すると喧嘩別離する、これは十年後の未来を見通して、悪い縁と判断した上で縁を切っているのですが、一般庶民にしたら、たまりません。

私も、私を良く神社仏閣等に一緒に連れて行ってくれていたボーイフレンドと白山に行き、暫くして疎遠になりました。神様がそうして下さったのだと思っています。彼は独身で名古屋に自宅を持っていたのですが京都で知り合い、神様の話等をする内に私のアッシー君になって、何処へでも連れて行くから行きたい所があれば言ってくれと、色々遠くまでも車で連れて行ってくれましたが、必要な案内が終わったのか？　何時の間にか私の前から、いえ彼の知人に聞いても、誰にも分からなく、姿さえも消してしまいました。

そしてその後、菊理媛様は約束した事として、参拝者に試練を与え、縁を切るのではなくて、温和な方法で人々を導くと約束されました。十一面観音の化身だから試練を与える等、神格は最高創造主、最高主神、すなわち観音様、観音主神論。天と地を結ぶ役割から田の漢字が菊理媛様を表します。〇に十で縦線と横線が交わり、くるくる回る、また北神老祖、至聖先天老祖（紅卍会の元）、北極星の神様で物凄い救いの神様、その至聖先天老祖より神格が上、老祖は配下と聞いた事があります。道教の天帝よりも菊理媛様の方が上で、宇宙の惑星と恒星と水星の軌道を変える事が出来るそうです。人の魂を司る神様でもあり、ホロスコープ、幸運な人は幸運の星の下に誕生させ、不幸な人は不幸な星の下に誕生させる事が出来る。皇室も司っておられるから、日本心霊会の代表の天照大御神様よりも上。それ程、素晴らしい神様なのでユダヤの預言者が白山に辿り着いて王朝を築いたりした。（大昔）白山に王朝を築いて、日本の神人と呼ばれる禅僧も霊的にその神様の遣いになるそうです。伊邪奈岐・伊邪奈美の神より上の神様、世界情勢の仕組みは、この神によって頂いている。ヤーヴェもエホバも、アラーも聖王母も菊理媛大神様の御魂の一部だと、それ程、素晴らしい神。菊理媛＝国常立尊。

九頭龍は、いづのめ金龍でメシヤ様の守護神、伊都能売大神様が龍神に化身の姿。伊都能売大神様が観音様になってインドに行かれた。日本を守護する為に別離《わかれ》て龍神となって琵琶湖に。菊理媛＝主神様。埋もれた神様。主神様が何らかの型で、何か始められた神様。

ちょっと面白い話も、菊理姫の菊は肛門を意味し、えっ！と思うが、実は締める、締めくくり、の意味もあり大変重要な働きがあり意味すると。日本を龍神とすると、新潟の新発田が肛門になると。

白山の白＝メシヤ様。光の三原色を混ぜると白。太陽の光は七色だけど全部一緒になると白になる。全ての色をコントロールすると白になり、一番上の色が白。天皇の皇の字は白い王、白は一番偉い神様の意味らしい。天神も中の身が白くなる。白くなった実が私（メシヤ様）だと「世界は二つに割れるけど、その中から出て来た白い種こそ、私（メシヤ様）だから、一身にメシヤ様だけを信仰しなさい」と残された。

第二章　輪廻転生（龍女）

序論

貴方は、輪廻転生を信じられるだろうか？

これは人生に翻弄された、波乱に満ちた、ある女の物語である。

その昔、平家の落人が、ここまで逃れて来たと云われる山陰のある漁師町、その海伝いに誰が名付けたのか、龍神山という海に突き出したこんもりと小さな山があった。

あれは何世代、大昔の事であろうか……地球上の最後の恐竜達も姿を消して、人間が少しずつ増え、現代に近付きつつあった頃の事でした。

ある日その村は、大暴風雨に襲われ逃げ惑う人々が荒波に飲み込まれたり、近くの島に打ち上げられたりした。幾日かが過ぎ、ようやく嵐も収まった頃。そこに人間になりたい、人間と友達になりたいと思っている、最後の一匹の龍が人々から恐れられて住んでいました。今こそ龍は人間の役に立つ時だと思い、自分の大きな胴体を橋にして、島に流されて来た人々を救おうとしますが、醜い姿に恐れ戦く人々は逃げ惑うばかりで、龍の心は知る由もなく、とても寂しく悲しい私が居りました。

人間としての誕生

それからどのくらいの世紀が経ったのでしょうか。片田舎の漁師町、川尻の海に突き出た龍神山に自分の想い次第で胴体を多少、大きくも小さくも出来るようになった龍は身体を小さくし舞い降りました。そして母になる人のお腹に宿り十月十日、昭和三十一年五月二十二日、身体に龍女の印を持って一人の女の子が誕生しました。それが乙梨恵。

しかし、ほとんどの人間は生まれ出る前に、全ての記憶を取り上げられ、隠されたまま生まれて来るのです。少女も同じ事でした。しかし神様は、何らかの形で印を残されてあるのです。世界救世教の教祖、岡田茂吉氏によれば、例えば「マミムメモ」の音が入っている人は物質に困らない女性的、「サシスセソ」の音が入っている人は自分の意志を通そうという人です。「巳の年（巳）というのは蛇ですから非常に物質的。そして名前に「ラリルレロ」の入った人は龍神系。苗字も離れ離れになっていては駄目、といって軽々しく変えるのも、よろしくない等々。

前世の繋がり

乙梨恵に産湯を使わしたのが乙梨恵の母の育ての母の姉妹で、母の最初の夫の姉、名を「リウ」という女だった（乙梨恵は二番目の夫の子供）。何の因縁なのか？　どういう理由か？　乙梨恵が生れた時からリウは、乙梨恵を我孫以上に可愛がっていました。

乙梨恵は貧しい漁師の四人姉妹の末っ子として生まれ、幼い頃から病弱でありました。そんな乙梨恵をリウはいつも傍らで見守って育てて来たんです。父は義理人情に篤く馬鹿が付く程お人好しで母の二人目の夫でありました。末娘の乙梨恵は身体も弱く、今一勉強も出来ず何の取得も無い平凡な子でした。その上、姉からは「なんでお前だけはそんなにブスなの」と言われ劣等感の塊で自分でも「私だけブスでこの家の子ではない、だからお婆ちゃんが私を可哀そうに思い溺愛してくれてるんだと思ったものです。私の本当の両親は私を一人置いて何処に居るんだろう？　私は凄く泣き虫で親に叱られ泣きながら乙梨恵の本当のお父さんお母さんは何処に居るの？　早く迎えに来て！」と天に向かい独り言を呟いていました。

そんなある夏の日の出来事です。海から帰った乙梨恵の見たものは、右手に鉈を持った物凄い形相の父の姿でした。父は今し方、溝の近くに蛇を見つけ殺そうとして鉈《なた》を振り下ろした所でした。胴体を切られた蛇は半殺しにされた姿でそのまま石垣の中へ消えてしまいました（尻尾の丸い蛇は先祖の生まれ変わりだから、絶対に殺してはいけないそうです）。

翌日、目覚めた乙梨恵は首が痛く起き上がれません。実直な母はそんな娘を見て仮病だと思い無理やり学校に行かせました。乙梨恵はまだ小学二年生、首が奔り出し痛みを我慢出来ない乙梨恵は、四時間目の理科の授業中に泣き出してしまいました。隣りの男の子が「先生、松さんが泣いてる」と言ってくれ、その姿を見て先生は「どうした、一人で帰れるか？　家に帰りなさい」と言い帰らせました。首を押さえながら泣きながら一人帰る乙梨恵。気楽な母は寝違いだろうと二、三日そのまま様子をみました。ところが三日目の朝、乙梨恵の身体は、かなり硬直し始めて自分一人では起き上がる事も出来なくなっていました。ただの病気でない事に気付いた母はようやく病院へ連れて行く。病院といっても近くには無くバスと汽車を乗り継いで二時間も掛けて長門という所まで行かなければなりません。

病院に着いた時には身体の硬直もかなり酷くなり、レントゲンを撮るにも大人の男の人が四、五人係りで激しい痛みの身体を刺激しないように、ゆっくり時間を掛けて向きを変えたりしなければなりません。ようやくレントゲンも撮れて二、三日後に病院に結果を聞きに行きましたが原因不明、病名も分りません。丁度その頃、母の妹が世界救世教の「光の道」教会に奉仕に上がっていて、私の事を聞いた叔母は、すぐに平本《ひらもと》先生に面談のお願いをしてくれていました。すぐに母は私を連れて平本先生に御面会頂き、私はおとなしく先生の前に座っています。目の前の先生は怖く睨むように、又見透かすようにじっと穴の開く程、私を見つめられました。どの位の時間が経ったでしょうか。

先生「この子の病名はカリエスで、霊的な病気です……」「この子は龍の生まれ変わり、龍女です。その昔、龍だった大変な因縁を持って生まれてきた龍女です。しかも龍の中でも女王格で、とても気位の高い子です」と当然の事ながら、何を言われているのやら？　さっぱり私には分かりません。何故、私が龍女なのか分かり様がありませんでした。そして先生は「三・三・三で治ります。三日間位、大変苦しむでしょう。三月で粗方、三年でほぼ完全に近く治るでしょう」と言われました。母は、助かると言われた、その一言に掛けたかったのです。それからさらに一週間、病院でもようやくカリエスと分かりました。

だが悪性で、すぐにでも手術をしなければ命が無い。がしかし助かる？　命だけは取り止められる見込みは、わずか数パーセント、死ぬ確率九十？パーセント、例え、命は取り止める事が出来たとしても、上手くいって小児麻痺としてしか生きて行けない。父母は悩みました！　我子の命は助けたい！　しかし女の子が小児麻痺で生きて幸福だろうか？　その頃で手術費用も家一軒建つ位の金額だっただろうか。家は貧しく手術するだけのお金も無い。父は借金してでも我子の命は病院で助けたい。母は助かると言われた宗教に神様に委ねたい。私の事での父母の言い争いは、それは激しいものでした。何時、事件が起きてもおかしくない状態で、父は何度か風呂敷包みを持って家出をすると言っていました（こんな時にパフォーマンス、笑えます）。そんな父に対して引かない母は神様に！平本先生の「助かります！」の一言に掛ける事にしたのです。日増しに身体は曲がっていくようでした。背中は湾曲、頭は肩にくっ付いて動かす事も出来ない。次第に自分一人では起き上がる事も食事を摂る事も出来なくなっていきました。三日間は教会に預けられたのですが、そこは光がきつく、とても耐えられず、四日目からは叔母の家に預けられました。その時はもう食事を摂る事さえ出来ず、一度の食事は摩り下ろした林檎汁に蜂蜜を混ぜた物を、何とか数口飲むのがやっとでした。そんな状態が一ヶ月は続きました。それで生きているのが不思議なくらいです。そんなある日、お天気も良く廊下側の窓が開け放たれていた時、お隣に住む小母さんが、たまたま霊が見える人なのでしょうか……私を指して「あそこに、大きな蛇が居る」と言うのです。その時の少女の心の痛みをお分かりでしょうか？　人間として生を受けたはずなのに……人間の形をした前生の私の姿を見られていたのです。

月日は流れ、ようやく自分で起き上がれるまでに快復してきていました。その後も何度か「あそこに、白蛇が！」なんて指を差されたものでした。ようやく人間として生れて来れたのに、私は前生を引き摺って生きているのです。

徐々に健康を取り戻し、他の子供のように外で走り廻れるようになりました。

小学四年の夏の夕暮れ、乙梨恵は近所の幼友達二、三人と他所の家の塀の上を手を繋ぎ走り回っていました。突然、Sちゃんの足がふら付き、乙梨恵と手を繋いだまま引っ張り飛び降りたから堪りません！　引き摺られたまま頭から突っ込んで、落ちた先には他所の家の石の階段があり、何とその角に頭を酷く打ちつけてしまいました。その時の衝撃で私には前後の記憶は一切ありません。

丁度時を同じくして同級生の女の子がその子の家のお仏壇に「乙梨恵ちゃんが、死にますように！」と祈っていたというのです。まさしく呪いを掛けられた途端に頭を強打し、グッタリとして口からの悪露と耳からも出血、大騒ぎになりました。両親は仕事に出ていて、聞きつけた大人達が戸板に乗せ、そこへ母も帰って来て、普通、車で十分位の所を出血と嘔吐とが激しく、振動を極力抑える為に、二時間も掛けて病院に運んだそうです。

病院に担ぎ込まれ、すぐに処置が行われ「今夜が山場、夜明けまでに意識が戻らなければ、お気の毒ですが……」と医師の宣告を受けました。母は一晩中ベッドの側で神様に祈り続け……ついに夜が明けてしまいましたが、乙梨恵の意識は一向に戻りません。

幽体離脱

昨夕、担ぎ込まれた時、処置室のベッドで自分の頭の上の方で何かいろいろしている先生の姿を、天井から見下ろしている自分が居たのです。それはカラーでも白黒でもなく、まるでメタリックに光るグレーのフイルムを貼り付けた様な、世にも不思議な、冷たい金属的な映像でした。

それからまた暫くして記憶は遠退き、長い空白の後……何処か？　暗い闇の中を運ばれている自分が居ました。そこで全ての意識は消えてしまいました。

覚醒

所が突然、早朝六時頃、見慣れない部屋でふと目覚めた乙梨恵は「……ここは何処だろう?」と辺りを見回すとベッドの側に母の姿があったのです「お母さんどうしたん?」と言う乙梨恵に母は血相を変え「お母さん、お母さんが分かる?!」と泣き叫ばんばかりです。乙梨恵は「お母さん? 何言ってるん?」の言葉に、母はようやく安堵の笑みを見せました。

それから僅か一週間、奇跡的な快復力で退院するまでになった乙梨恵を院長は「あんな酷い状態で担ぎ込まれたのに、僅か一週間でこんなに快復するとは、この子は普通の人間とは考えられない!」「奇跡の子だ!」と他の入院患者さんの前で笑い話にされていました。

この時は幽体離脱とは知らず。大人になって、たまたまテレビを見ていて私も経験あるが、もしかして天井に鏡でもあったのでは?と思い、丁度、母が入院していたので病院に確認し、見せて頂きましたが鏡も何もありませんでした。やはり幽体離脱だったのです。

自分では気付かないまま、他人に怨まれたり羨ましがられたりする事の、いかに間違って怖い事なのか!の教訓です。殆どの人には目には見えず気付く筈も無いが、中には見える人もあったり、この世とあの世の狭間で霊がウヨウヨさ迷って、隙があらばと狙ってる。

福井に行った時、越美北線は乗客も少なく空いていた。一人の女の人が「ここ良いですか?」

と私の前に座り見知らぬ人との会話が始まった。「今日はお寺さんにお参りに行ってきたんですよ」とそれから何故か霊界の事やお互いの体験話をする中、その人も臨死体験があり、あちらに逝く寸前に川があり川の向こう岸で沢山の人達が土嚢の様な物を積み上げている。自分も川を渡りあちらに行こうとしてたら「お前はまだ早い！　帰りなさい」と閻魔様？の声で覚醒したと。川が水かと思えば龍体だったという話は聞いた事があるが、この人の場合は、そうではなかったと。他にもいろいろ聞いたが今は思い出せない。

第三章　裏切り

小学二年生の時にカリエスになり、ほとんど学校には行けず登校日数も足らず一級留年の予定だったらしいのですが、あまりにも可哀そうだし何とか就いていけるだろうと、学校側も検討の結果何とか皆と一緒に進級させて下さり……それから僅か二年、寝たきりの状態から快復。おてんばになり小学四年の時に塀から落ちて臨死体験。脳波の検査結果、頭を使わないように、テレビも一日三十分以内、学校に行っても行くだけで、ぼおっとしているだけ（チコちゃんに〝ぼおっとしてんじゃねぇよ〟って言われたい）何も考えない、勿論、運動は一切禁止、掃除の時間も教室の後ろの隅に邪魔にならないように椅子を置かれて、そこにじっと座らされ体育もたまには運動場の見える所に椅子を置かれて、そこから見学してるだけ。惨めで淋しく暗い、生きてる甲斐の無い少女時代を過ごしていた。

そこも何とか乗り越えて中学になる頃には普通に過ごせるようになる。中学は私達の頃から過疎もあり近隣地域の四校合同の新しい校舎が出来、私の昔を知らない人も当然多い。運動も友達も出来たし、ようやく走る事も出来たのに、またまたマラソンの練習でグランドを周回している時に突然、目の前が真暗になり数歩後ずさりしてバタンと仰向けに倒れ、それを見ていた先生に、またまたマラソンは禁止。当然の事ながら成績も悪く、だが詩を書く事が好きでいつもメモ帳を持ち歩き、事或るごとにメモして夢見る夢子って感じだった。そんな時に同じく劣等生の末子《すえこ》と慰めあい仲良くなる。何でも話せる信頼のできる一生の友と信じていた。でも、そう思っていたのは私だけで、きっと末子はそうは思っていなかったのでしょう。高校受験の時に勉強もせず成績の悪い私は三女と同じ私学に行きたかったが、貧乏な漁師の四人娘の末っ子で、長女と次女は農業高校に行ったので私もそうするように言われたが嫌だった。農業高校を受験して落ちたら仕方ないと言われていたし、私よりいつも成績の悪い末子も「一人落ちたらどうしよう」と心配していたので、あのままの末子が受かるはずがないし、このまま勉強しなければ落ちるだろうし一緒に落ちる約束をしました。当然、二人で落ちたと信じていた私は蓋を開けてビックリ！　なんと末子は猛勉強をしたのでしょう！　受かっていて私だけが落ちたのです。この時のショック！　裏切りに到底耐えられるはずが無く若さゆえ一時は、もう生きていくのも辛く死んでしまいたい！とも思いました。でも両親は私学に行く事を許してくれたので、人を信じられなくなった私は、ここから、この裏切りを一生許さない。今に見返してやると闘志を燃やし勉学にも励むようになりました。私学でしたが、その中で優等生と言われるまでになり、公立学校の生徒も一緒の通学列車で試験勉強をして居る時、優秀な公立学校の生徒でも私でさえ理解している、こんな事も知らない事があるのかと少し優越感を感じ、今に見ていろ！と益々勉学にも励みました。あの裏切りが無く、その後も末子とチンタラお友達ごっこをしていたら当然、今の私は居ないし、裏切り、失恋があったからこそ今の自分があると……真っ只中に居る時は死ぬほど辛いし、何故私だけがこんな思いをしてまで生きていかなければいけないんだ！と思うけど、人生は修行の場で生かされているとはいうけど考え方一つで、修行して来世に帰っていけると信じ、今では感謝しています。

人間は生まれた時、既にその宿命を負わされているものであると知ったのは、青春時代をとっくに過ぎた頃の事である。

人はそれぞれに使命をもって、この世に生まれて、ただ、その使命に気付く者は少なく、意識の中から消されてしまう。神の紙芝居の中で、生かされているだけなのだから……。神様から逃げていた私が有神論者に転向して、今では多くの神社仏閣にも御挨拶に参拝させて頂いています。

終末期、人生を終える頃「あんな事も、こんな事もあった。面白い人生だった」と人生という足跡、ページを沢山捲る事が出来るほど確かにその時、私は生きていたんだと実感でき、感謝できるのではないだろうかとつくづく思っています。

第四章　恋のはじまり（初恋）……日記より

三十年目の恋

平成十九年九月六日、八月二十三日、浦《うら》との三十年目の再会があり、今、私は過去へとタイムスリップしようとしている……昨夜から、忘れかけていた懐かしい過去の日記を読み返している。高校卒業の別れの友のメッセージ、青春時代の一ページ……昨日のことのように切なく想い出される。

「いよいよ、別れの時が来たようです。いろいろ、悪い遊びも覚えたけど、まあ、これも経験でしょう。また、いつか逢う日があるでしょう！　その時まで、さようなら」

「〝会うは別れのはじめとやら〟とうとうその日が来てしまいましたね、今思ってみれば楽しかったあの頃、でも今はもう、思い出として残っているだけ、若い私達の人生は、まだまだこれからよ！　過去を振り返らず、一歩一歩、さらに前進しようね」

「もう少しで、この学校ともおさらば、喧嘩をしたり楽しいこともあったし、悲しいこともあったね、でもそんなことも二度と来ない高校時代の良き想い出になるね」「本当にお世話になりました。体操部でのこと、いつまでも忘れないでおこうネ！！〝春風を以って人に接し、秋霜を以って自ら慎む〟私の好きな言葉です。私のこと、いつまでも、心に残しておいてね」

「いつまでも美しい手を失わないでね、また逢いましょう！ 社会に大きく羽ばたいて下さい。いつまでも、いつまでもオッペでいて！ バイバイ」（オッペは私のニックネーム）。

「三年間、よき友、よきライバルとして、競い合ったこの教室とも、また、あなたともお別れですね。でも、またいつか会える時があるでしょう。その時は、「こんにちは」じゃなくて、〝よお、元気！〟であいさつしよう。〝さよなら〟の言葉は嫌い！ だから、ジャーまたね。辛いことがあっても負けんなね！ クラス五十三人がついているよ！」

「これからも、いろんなことがあるだろうけど、いつまでも、心の奥に、私のこと仕舞って置いてね」って言った友。【〝さよならだけが、人生ではない〟〝空気と徳と そして友達の愛 それだけが残っていれば 気を落とすことはない〟ゲーテ】

「オッペちゃん本当に十八年間いろいろお世話になりました。よく喧嘩もしたけど、今に於いては〝唯一の幼友達、親友〟住む所は違っても、心だけは、いつも通い合わせていたいものですネ！ 私はオッペのことは、いつまでも忘れません。そして浦ちゃんの事は良き思い出として、とっておいたらいいよ。本当に素敵な恋だと思います。でも、いつまでも浦ちゃんばかりに囚われず素敵ないい人を早く見つけてネ！ オッペのことだものきっと出来るよ！ でも何事も慎重に考えて行動するべし！ あやふやな気持ちでは絶対にいけませんよ！ オッペなら人の気持ちがよく理解できるのでその点は大丈夫だと思いますが、あまり考えすぎるのも考えのもだからそれも気をつけるべし！　よくオッペが、自分は人を傷つけると言っていたけどそんな変な考え方をしないで、良いように理解しマイペースで進んでね。敦子《あつこ》はもちろん、自分に合った生き方をしますから」

浦との事を聞いてくれた友。今からは後悔のない人生を過ごすよう助言してくれた友。体操部時代の楽しかった想い出、私、死ぬんじゃないかと思うほど、まるで走馬灯のように、そして今とても切なく、生きていくことがとても苦しい。この思い、誰に、何処にぶつけよう。

恋の始まり

恋の始まり、あれは中学二年の秋の終わり、テニスの上手な皆の憧れの君がいた。彼の名は茂《しげ》、私も例外ではなかった。そしてもう一人、年下の宅《たく》、どちらにも好意を寄せていた。茂とはお互いに打ち明けはしなかったが、思いを寄せ合っていた。近くに大浜という、とても綺麗な白い貝の砂浜がある。ある日、淡いピンクの透明な桜貝を七枚と一つの恋を見つけた……山は黄金色に輝き、浜は冬の音連れ（訪れ）を待っていた。乙梨恵は一人、学校の帰り大浜で桜貝を探していた。後ろの方から呼ぶ声がする。振り返るとそこに三人の学生が、その中の一人が茂だった。何も言わずに私の手に小さな貝殻を……そして黙って駆けていった。三人の学生は夕日の中にあった。そしてもう一度振り返った時、二人の友を残して彼一人私の方へ駆けて来る。私の胸は激しくときめいて身体中が熱くなる思いだった。彼は私の側を駆け抜けてそして座り込み砂の上に寝転んだ。そんな彼を見るのがたまらなく嬉しかった。夕日が優しく二人を包み私の身体は嬉しさに震え幸せだった。私の頬に涙の雫……これこそ私の夢見ていた彼の姿、あこがれの君。こんなにときめいたのは初めて、淡い恋の始まり、出逢い、そして砂浜と戯れ……純粋な可愛い恋でした、それを愛と勘違いしてた。宅は私の長い黒髪をその頃流行っていたシャンプーのＣＭ「後ろ姿の素敵なあなた着いて行きたいあなたの後を、振り向かないで……」なんて歌ったり、からかって興味をひいていました。

そんなある時、敦子が憧れている男がいる。逢いに行きたいと言っているのを知り、それは大の親友、梅《うめ》の近所に住んでいる幼馴染でした。ある時三人で彼を見に行こうという話になり梅の家に遊びに行きました。そして遠くから彼を見て、それが宅の兄の浦でした。彼を見た瞬間、乙梨恵はショックを受けました。友達が好きなのに自分が好きになってはいけないと。そこにはもう一人、ヤンチャな雄二《ゆうじ》という遊び人もいました。暫くして梅は、浦に乙梨恵達のことを言いましたが浦にはあまり興味が無い様子。浦には思いを寄せる人がありました。皮肉にもそれは乙梨恵の姉でした。雄二は乙梨恵に興味を持ちアタックしてきましたが、浦に好意を持っていた乙梨恵は断り続け、雄二は何とか乙梨恵を自分の物にしようと、あの手この手を使ってきます。浦はプレイボーイで子供の私達に興味は無いらしいし、それならば乙梨恵はぐれている雄二を立ち直らせることが出来るものならと考えたこともありましたが、雄二に好意を寄せている人がいると知り、自己犠牲は止めることにしました。そして月日は流れ、乙梨恵は高校生になり、仲良しトリオ、梅と恵といつも三羽烏は一緒でした。学校から町を駅に向かって歩いていると前から素敵な男性が来ます。「あの人、格好いい！」と言うと梅が「アッ、浦ちゃんじゃん」という。その時、浦も乙梨恵を「なかなか可愛いじゃん」と言ってくれていたらしく、そのことを雄二が知り乙梨恵に、浦がデートしようと言っていると嘘の電話をして来たのだが嘘とは気付かず、すぐにのるのも躊躇われ最初のデートの申込は断わり、それ以来、乙梨恵の浦に対する思いは募るばかりでした。食欲も無くなり幼い胸は痛み、眠れぬ日々が続き「神様どうか彼と付き合え、周りの先生はじめ多くの人々も許してくれますように！」

切ない思いを何処にぶつければいいのか？　学校は男女別学で男女交際は禁止され乙梨恵は真面目な優等生でした。思い切って英語の女教師に交際について相談したら「男女交際は禁止されているし今は学業に励んで、男の人はキスまでいくと必ず体を求めてくる。傷つくのはいつも女……」。男の性についての助言をしてくれました。雄二が浦の名前を語って乙梨恵を誘っている事を知った浦は、雄二のした事を申し訳ない、では一度デートしようと誘ってくれ、それが二人の始まり……浦は四歳年上の二十歳、すでに社会人になってました。

乙梨恵・高二の春（四月二十九日）十六歳

今日昼前、突然浦ちゃんから電話があり最初は誰だか分からなかった。浦ちゃんと聞いてビックリ！　朝、小説を書いていてそれに相応しいことだった。父母に嘘をつき、十二時半の約束をして彼の車で宇部に遊びに行く。鯉に餌をあげ木陰でコーラを飲み、サボテン公園に入ったり、いろいろ歩きまわって、あまり言葉も交わさず可愛い恋でした。常盤公園を後に天竜山に登り、初めて登った山で、とても人が少なく静かで宇部の町が一望でき、言葉を交わさなくても二人居るだけで幸せを感じ、それからもう遅いというので帰路に着き、行きはすごいスピードで二時間もかからなかったのに帰りは車が混んでいて予想より一時間以上余計にかかり、帰り着いたのは七時半を過ぎて、そのため車が少なくなるとフルスピードで途中、田舎の曲がりくねった細道でキキキキーあわや正面衝突！　一瞬、目の前が真っ暗「死んだ！」と思いましたがギリギリ回避できて生きていました。彼も「もう駄目だ！」と思ったそうです。でもまだ一度も事故はしたことが無いし、それに「俺はどうなってもいいが君に少しでも傷をつけたら申し訳ない！」と言ってくれて本当に嬉しかった。「先生裏切ってごめんなさい。でも私はこれで幸福！」。浦はとても優しいもの。でも浦は今も姉さんの事、好きだったのかもしれないけどまぁいいや……。

次の日、誰かから電話、出ようとしたら切れた。もしかして浦？　電話のベルが鳴るのを待つがそれきり鳴らない。もうこれっきり浦ちゃんとは付き合わない方がいいような気もする。ただ好きというだけで、ただそれだけだもの。

七月に入り仙崎の花火に浦に誘われ浮かれていた私の心に、聖地参拝させて頂いて激しい変化。ただ一人の男、浦だけを思っていたはずなのに別の自分がいる。

八月十七日　父母に嘘をついて浦と下関に映画を観に行きました。帰りに犬鳴神社に行き神社に登るとき、それまで手も握ったこともない浦が私の肩を抱いて、私の胸は激しくときめいて何かが起こりそうな……この夏休みにもう一度誘われ、ただ誘ってくれたくらいに思っていたのに何時からか恋人のように……この頃、何もかもが嫌になり一人、死をみつめることが多くなってきていた。

浦、貴方は今頃何しているの？　この空の下で

もしも貴方と二人　死ぬことが出来たなら　私はどんなに幸福でしょう！

愛する貴方と二人……

夜は何処からやって来たのかしら　私の窓辺に……

八月二十六日　浦とドライブ、防府の八幡宮に行き町に出た。浦が何か買ってやると言ってくれたが遠慮した。「俺と付き合ってくれ！」と言われたが、どういう訳だか返事が出来なかった。何故私は学生なのか？　学校も先生も大嫌い！　初めてパチンコ店に入って、浦は「悪い所に連れて来たな、でもいいやな？」なぁんて言って、最初はすごく入った。その後、車に戻り近くの公園で時を費やし、帰りに秋吉に行き展望台に登る。初めて降りたカルスト台地。二人のほか誰もいない、静かな所に行き恋愛について語りあい、そこに行くまでの道は険しく彼が手を引いてくれ寄り添いあい、まるで……帰りには手を繋いで、その時の手の温もりが今も消えない。何故私は優等生というレッテルを貼られた高校生なのか？　夜の帳があけ今は六時、今日は二十七日。

一睡もしていないなんて初めて。浦、愛しているのは、貴男だけ……。
八月二十七日　今は夜、外に出て一人じっと星を眺めながら浦のことを想ってみる。私はやはり浦が好き！　諦めるなんて出来ない。浦あぁ愛する浦、結婚……あぁ結婚か……。
八月三十日　切ない！　浦に断ったことが悔やまれてならない。浦ごめんね！　乙梨恵も悩んだの！　淋しくて淋しくて今夜もまた嫌な夜がやってきた！　愛する浦！　おやすみなさい。乙梨恵はとても淋しい！　浦に逢いたい！　我がまま言わず、いい子にしてる。乙梨恵は今日、決めたの、高校時代は点取り虫にならず今からはどんどん遊ぶんだ！　また行こうね！　愛する浦、おやすみなさい。チュウのイラスト書く。
九月三日　二学期が始まる。浦に逢うために乙梨恵は勉強を頑張ることにした。
九月九日　運命の悪戯、茂からの手紙は私の心を痛めるだけのものでしかない。忘れかけた頃にまた一つの恋が芽を出した。私の何処がいいの？　もっと早くこの手紙が、茂の気持ちが分かっていたら、きっと私は茂を選んでいただろう。茂とはいつもすれ違い。
愛することは素晴らしく　この上もない幸福なのに　何故に愛されることは
こんなにも苦しいものなのか？　これが愛というものなのか？　あぁ甘い愛　苦い愛
九月十四日　六時の電車で帰り人丸で浦を待つ。
二人で伊上の浜へ行った。人っ子一人いない静かな砂浜に二人の影……いろいろ話しバスで帰ると言ったけど「今日はもう、いいだろう」といったので我慢した。夕日が沈み辺りも薄暗くなった頃車に帰り、それから少し車の中にいた。「怖いか？」、浦は言ったが私は返事が出来ずに黙っていた。そろそろ時間だからということで帰路に着く。川尻に着いたのはバスが入る二十分くらい前で、まだ時間が有りすぎたために二人で浜を散歩し彼は「寒くないか？」と聞いたが私は寒さを我慢した。そのうち彼は車へ帰ろうと私の手をとり抱き寄せ「もう一度、俺について来てくれないか？　頼む、うんと言ってくれ！」でも私には何も答えられなかった。彼は「こっちを向いて！」と言い、彼の顔が私の顔に近づく「恐い」彼の唇が私の唇に……初めての口付け、レモンのとても甘い味……初めてのキスの味（本当にレモンの味がした）。浦は私に「泣くな！」と言った。でも私は彼から顔をそむけるしかなく、彼は強く私を抱いた。私は彼の胸に頬を埋めとても幸せだった。私は彼を本当に愛し始めていたし、彼も私を本気で愛してしまったと……私は彼の腕を離れ「帰る」と言ったら彼はぬいぐるみを私に渡し途中まで送ってくれ……これが最後になろうとは……帰ると父母に気づかれないように明るく振舞ったが、内心は彼のことばかり考えて忘れられない。あぁ浦、私はどうすればいいの？　私はまだ学生なの、私も貴男が大好き！……でも浦ごめんなさい！　止めどなく流れる涙・涙・涙。

九月二十二日　今夜も一人、果てしない宇宙に続く星達と話をしてみたかったから、じっと夜空に散りばめられた星を眺めている。星は何でも知っているし聞いてくれると、浦を想っていると今年初めて見る流れ星「あっ」何も祈れなかった。気づいた時にはすでに遠く空の彼方に消えて願いを聞いてくれない。愛を分かってくれない……。

九月二十八日　七時過ぎ浦から電話があり、明日午後二時か三時に長門の港か寺社で逢おうと言うが、やはり私は長門というだけで恐い。違う所でもいいと言ったが母が居た為に何も話が出来なく、仕方なく断った。今日学校で他人の車に乗せてもらってはいけないと言われただけに私は恐い。好きなら好きでそんなこと無視すればいいのに、心の小さい女で自分でも嫌になる。

その後、神の悪戯！　何度か浦は乙梨恵に電話してくれたらしいのだが、その都度両親が出て居ないと言って切っていたと。二人に連絡の術は無くなっていた。あの日以来、浦は乙梨恵自身が居留守を使っていると思い、乙梨恵に嫌われてしまったと思ったようだ。すでにこの頃、浦にはお見合いの話があり、断り続けていたようだが浦も終に、しつこい親にも乙梨恵にも自棄になり「そんなに言うなら、親父の好きにしろよ」と言った一言で、お父さんは本当に好き勝手に縁談を決めてしまったそうだ。

その事を乙梨恵が知ったのは……時すでに遅し。

悲しい別れ

昭和四十九年二月三日　しばらく日記をつけていない。いろいろあったけど書く気にはなれなかった。今は夜、一人ぼっちの夜で誰かに逢いたい！　誰かに逢って何時までも何時までも話をしていたい。私を慰めてくれる人が欲しい！　誰でもいい私の心を慰めてくれる人なら誰でもいい。浦でも、茂ちゃんでも……逢いたい！　今年初めて茂ちゃんと心が合って、お互いに年賀状も出せたというのに今は全く駄目。バレンタインデーが近づくというのに今の私の心、自分で自分が分かんないの。茂ちゃんも浦も好きだけど夢中になるほどは愛していないみたい？　最近、浦は全く誘ってくれないし、もう私のことなんか嫌いになったのかな？　もう四・五ヶ月デートしていないし、とても淋しく、浦の腕に強く強く抱きしめられたいと思うことさえあるの……あぁ浦、私の浦。

二月十日　私の考えは間違っているのだろうか？　今の私には何が何だか分からない。幼稚な考えしか出来ない私はまだ子供なのだ。仕事が大事か？　彼を取るのか？　今の私にはどちらも大切だけど、浦には着いて行けないような気もする。浦の家は農家でお母さんもいない。今日夕方買い物に出た時、偶然浦に会った。配達に来ていて家が分からず近所のおばさんに聞いている時、おばさんが私に聞いてきた。その場を立ち去ろうとした時に浦と気付いた。それにドラマの「冬の恋人」を見ていたら主役が篠田三郎で浦と良く似ていて、まるで私達の過去のような気がして思わず泣きそうになった。浦、浦……いくら忘れようとしても忘れられない男。仕事なんてどうでもいい！　仕事で人間の価値が決まるんじゃない。あぁ逢いたい、もう一度でいい浦に……。

二月十八日　スタイル、プロポーションを良くする為に体操部の頃を思い出して体操を始める。もうずっと浦にも逢っていない。バレンタインには浦にチョコレートを渡してもらうように、想いと共に梅に預けて頼んだんだけどまだ渡してないという。待ち遠しい……
何がって勿論……あぁそれに土曜日に無理やりで悪かったようにも思っているが岡村君に上とお揃いのペンダントをプレゼントしたことも記しておこう。今年中に五十冊の本を読むつもりでいる。今日はこの辺で、浦さん、おやすみなさい。

二月二十三日　昨日、日記をつけるつもりだったのだけど悲しみのあまり、つけるのを忘れた。悲しみというのは他でもない浦さんの事。彼の結婚話が本当らしく、朝それを聞いて私の頭は狂わんばかりだった。梅は気を使って、いつもの汽車には乗らず、わざわざ計算実務が終わって知らせてくれて、すごく気にしてくれていたので梅の前で泣く訳にはいかず必死で我慢した。自分の教室に入ると悲しみがこみ上げて、止め処もなく涙が溢れ出し辺り構わず、机に臥して激しく泣いてしまって皆が私を慰めてくれた。普段話さない人までも心配してくれたけど誰にも言えない。三時間目の倫社の時間も泣き通しだった。今まで生きてきて一番のショッキングな事件だったから……しかし私は必死で諦めようと努力した。「浦が幸せになれるのなら、浦が幸せになれるのなら」。ただそれだけで諦めなくてはならないと、どれだけ自分に言い聞かせた事か。なのに今朝また人丸のホームで雨の降る中、泣いてしまった。また聞いてしまったのです。彼には結婚する気など全く無かった事を……彼の父上が相手の家との親同士の考えで決めてしまったらしく、浦はずっとずっと「まだ早いから、まだ早いから」という理由で断っていたそうだが、あまりにしつこくお父さんに言われ「そんなに言うなら、親父の好きなようにすればいい」と言ったそうで、それで三月吉日に挙式と決まったという。浦が可哀想で可哀想でたまらない！　失恋した私は今日、自分の命のように大切にしていた黒髪を切った。大好きだったおばあちゃんが死んだ時でさえ切らなかったこの黒髪を浦の為に、浦の為に切り落とした。そして、はっきり浦の口から聞くために三度も電話を掛けたが彼は居なかった。日増しに彼の挙式が近づく。何とかしたい！　浦逢いたい、もう一度せめてもう一度貴男に逢いたい！　一昨日？貴男は自棄で友達の家に泊まり朝帰りだったとか……そこまで嫌な結婚を何故・何故……お願い自分の思ったように生きて！　お願い！　浦……明日もう一度電話をします。

一人飲むコーヒーの味は　苦く、ショッパイ
一人食べるシュークリームは　貴方の唇のように　甘く、柔らかい
愛していた　今もなお……　貴男は去り行く　私に背を向けて　私は一人、涙を流す

夢見ていました　夢とは知らず　二人の愛のかたらい　二人の愛の城
山の奥の　誰も居ない古城に　二人は暮らしているのです
何が無くても、ただ幸福だけの　ただ幸福だけの二人でした
それが突然、突然に　壊されてしまいました。今、二人の目の前で
二人には、もう何も無い　何も無くなってしまっているのです。

愛……二人の愛は　ただの、ただの、夢だったのでしょうか？
二人の愛は、終わりを告げたのでしょうか？　さよなら　貴男
さよなら　愛の日々　……浦へ
これが、二人の愛だったのです　二人の夢見た、愛の姿だったのです

二月二十四日　もし今、浦と別れたら、浦が結婚したなら、きっと私、一生後悔してしまうでしょう！　誰かに縋って泣きたい、思い切りお母さんの胸で幼子のように甘えて泣きたい！　今、乙梨恵が相談できるのは梅だけ、浦に電話したのに今日も繋がらなかった。広島へ行ったという。乙梨恵も浦に着いて行きたい。どんなにどんなに浦を愛していたか！　今ようやく分かったというのに気づいた時にはすでに遅く……浦は他人の夫となってしまう。浦お願い！　乙梨恵の卒業を待って！　何とかしてお願い。

一つの恋を見つけました　学生の私と大人の彼と　二人の恋は芽生えたばかり
乙梨恵はいつもいい子でいました　校則守る優等生　デートもなるべく控え目に
誰も知らない、二人の恋でした　ある日突然、見合いをした彼でした
お父さんの為、おばあさんの為　でも彼は、私のために断り続けました
彼の気持ちも私の気持ちも虚しく　結婚の決まった彼でした

毎日毎日、一人泣き続ける乙梨恵　二人の愛は、抹殺されたのでしょうか
何時の日にか、結ばれる時がくるのでしょうか？　それとも私達……

電話のベルが気にかかる　今にもベルが鳴りそうで　彼の声が聞こえてくるようで
胸はどきどき　心はイライラ　思うは彼のことばかり
電話のベルが鳴るたびに　もしかしたら彼かも　そんな気持ちで待っている
胸はどきどき　心はイライラ　思うは彼のことばかり……

二月二十六日　時計の針が、もう二十七日の午前二時を回ろうとしている。浦の結婚話を聞いて、どのくらい経ったのだろう。もう大分冷静になってきた。それに悪いこととは思いながら浦宛に手紙を書いて梅に頼んだのだが何時渡してくれるかも分からない。今でも心の底では破談になって欲しいと願っているが、破談になったからといって、うまくいくはずが無いんでは？　学校は校則、校則って五月蝿いし、私は私で就職したいし……どうしたらいいのか？　かといって浦が今結婚したなら乙梨恵は一生後悔するだろう。もし浦がもう少し待ってくれたら、待てる身なら……でももう遅い。結納も終わっているだろうし、あぁどうしたらいいの？　神様教えて下さい。吾が愛する君、浦。

二月二十八日　浦が手紙を読んだらしい。でも電話も何も無い、やはりもう乙梨恵のことなど

忘れてしまったのだろうか？　何故電話もしてくれないんだろう？　こんなに待っているのに……浦の馬鹿、馬鹿。乙梨恵の気持ちも知らないで、夢でもいいから私と話して未来を教えて。貴男がどうなるのか？　そして私達は……お願い神様教えて下さい。

三月四日　昨日は卒業式だったので今日は代休。何となく浦から電話がありそうで待っているのに……この前の手紙読んでないのでは、なんてとても不安だったがテストも近いことだし少しは勉強出来たが、浦に逢いたい思いは日増しにつのるばかり……あぁ逢いたい。一目なりとも浦に逢いたい、私の浦に逢わせて……お願い神様。

三月ｚ日（午前四時）。前日、思い切って浦に電話した。敦子が掛けてくれ、おじさんが出られたので末永と偽名を使ってくれた。浦さんが出たが私は何も言えない。

浦「もしもし」　乙梨恵「もしもし」（小声で）。浦「もしもし」

乙梨恵「あの、浦さんですか？」　浦「あぁ、俺だよ」

乙梨恵「今、期末試験なの、でも何だか落ちつかなくて、聞いておきたかったの。浦さん、結婚なさるんですってね？」

浦「……」

乙梨恵「おめでとう、でも突然で本当に驚いたわ」

浦「本当に急だったよ、でも、ばあちゃんがもう七十過ぎて年寄りだしね、仕方なかったんだ。乙梨恵さんに言うべきだったよ……聞こえる？」

乙梨恵「うん」（小声で）。浦「聞いてるの？」　乙梨恵「うん」（泣き声）。

浦「泣くなよ」　乙梨恵「大丈夫」　浦「もう泣くなよ」（悲しそうな声）。

「仕方がなかったんだ。諦めてくれよ」

「相手ね、近くの人なんだ。正月に見合いしたんだよ」

乙梨恵「知ってる」　浦「えっ」　乙梨恵「梅ちゃんから聞いてるから」

浦「そうか、でもきっと乙梨恵さんなら、素敵な人が見つかるよ。それに反って俺なんか居ない方がいいかもしれないし」　乙梨恵「そんなことない」（泣き声）。

「でも、幸せになってね」　浦「うん、ありがとう」　乙梨恵「手紙読んでくれた？」

浦「うん」　乙梨恵「ごめんなさいね」　浦「そんなことないって」……沈黙。

乙梨恵「でも、本当に突然だったのね、最初は全然信じられなかったわ」

浦「うん。もう、逢えないっていうんじゃないし、今度逢ってもツンとすんなよな！」（この言葉は、前にも何度か言っている）。

乙梨恵「うん、でも無理みたい。でも、本当に幸せになってね」……沈黙。

涙が止めどなく流れ落ち、声を殺して「じゃぁ、さよなら」と別れを告げた。

受話器を置いた途端、悲しみがどっと込み上げ側に居た敦子に激しくしがみつき泣きじゃくりました。涙は後から後から止まることを知らないかのように流れ出てくるのでした。お陰で勉強も何も手につきませんでした。明日はいよいよ結婚式なのです。とても不安で、まだ浦が私の元に帰って来るようで、もう二度と浦さんのような男に巡り合うことはないでしょう。愛する人を失った悲しみが、死ぬほどよく分かりました。もう二度と恋などしたくはありません！　神様は何故このような悲痛な悪戯をなさるのでしょう。

私の心に染み付いた想いの詩

母の言葉にしたがいて　思わぬ人に嫁ぐ身の　思いを懸けしかの人を
とく忘れよと母は言う　忘れかねたるかの人を
うたてき母の心かな　かほどに我を悲しむる　いまは罪ともなりはてし
この恋はもと清き恋　せん術もなきわが身かな
かつて嬉しく誇りかに　思いしものの悪戯に　なりにし今日の夢ならば
荒野の果てを行きゆきて　さすらい人となりてまし――「みずうみ」より

失意（悲しみのわかれ）

三月y日　今日は彼の結婚式。そして期末試験。乙梨惠は三時間目の家一のテスト中に泣き出してしまいました。といっても声を殺して下を向いて、涙が次から次へと流れて止まらない。白紙の試験用紙が涙で濡れる。あぁ浦、浦、何故、貴男は乙梨惠を置いて結婚なんかしてしまったの？　昭和四十九年三月某日、午前十時半、彼の結婚式。その時まで、いやずっと後まで、彼の結婚のぶち壊れるのを祈っていた。

テストが終わり、私は必死で悲しみを抑えていたのに恵が冗談で「可哀そうに」と言った一言で、私は恵に抱きつき泣いてしまい……冗談なんかじゃない！　涙は後から後から止めどもなく頬を伝って流れ落ちる。皆、普段話さない人までがとても心配してくれました。愛を感じとても嬉しかったけど私の心は暗い。帰りに梅の所へ行き、まず傘を借りて昔、田の陰から白いセーターを着ていた浦を初めて見た所に行き、彼の家の周りをずっと見て歩き、もしかしたら私がこの家に住んでいたのかも知れないとか、いろいろ考えながら、おばあさんにも会ってみたかったけど会えなかった。そして彼と初めて逢った清水のある所を必死で探し清水で手を洗い、傘をたたみ雨に打たれながらもう一度、彼の家の近くまで……二階に白い真新しいカーテンがかかっている。きっとあそこが浦達の新婚の部屋。私はもうどうしていいか分からず泣きながら雨に打たれ梅の家へと向かった。いろいろ取り留めの無い話をし、そして明治大権現様をしてみた。彼は十一日に帰ってくるという。乙梨恵は今にも彼の後を追って行きたかった。しばらくして雄二が帰ってきて梅に聞いてもらう「とても美しかった、今日は別府泊まりだ」という。梅の家を後に帰る途中、浦の弟に会った。可哀そうに彼もびしょ濡れになって、それに単車も利かなくなっていたみたい。梅宅を後にバスで帰る途中の乗り換えのバス停で私は一人雨の中、淋しくバスを待っていた。今にも彼の車、五六－七〇のバックナンバーの車が通り過ぎるような気がしてならなかった。一人浦の写真を見ながら「浦」の名を呼びながら泣いていた。雨は乙梨恵の声を掻き消すように降り続ける。六時のバスは私に気づかなかったのか？　私を残して去って行った。母に電話をしたら最終便まで待てと言われ、とても辛かった。「浦には捨てられ、母にまで見捨てられたような気がして……いっそ死んでしまおう」とさえ考え、もし最終にも乗れなかったら大浜まで歩き、そこで死ぬつもりだった。しかしバス停の優しいおばさんは、私を家の中に入れてくれ一緒にバスを待ってくれた。そしてバスが来る十五分も前から私と共に雨の降る中、傘をさし懐中電灯をつけて一緒にいてくれる「寒いから、もういいです」という私に「寒いのは私だけじゃない、あんただって寒いんだから」、そう言ってバスが来るまで寄り添っていてくれた。そして、十七日が小田の観音様のお祭りだから、川尻の人にも来るように言ってくれと言付かり、バスが来て私は何度も何度もお礼を言ってバスは出た。私は心から感謝した！　言わば私の命の恩人。バスに乗った私は、もう浦のことは忘れるつもりだった。あんな優しい観音様のような心を持った素晴らしい愛の持ち主も居られるのだし、きっと浦以上の人にだって出逢えるに違いないと、そう感じたから……しかし私には忘れることは出来なかった。この辛さは経験した者、自分以外の何者にも分かりはしないでしょう。

三月x日　浦は帰って来たのだろうか？　今から梅に電話してみよう。心配で心配で苦しくて苦しくて仕方がないんですもの。この日以来、ずっと泣き続け放心状態……。

昭和四十九年六月三十日　今日久しぶりに浦から電話があった。毎日毎日、泣き暮らしている乙梨恵を見かねて梅が浦に「乙梨恵が、あれからずっと凄くしょんぼりしている」って言ったものだから、朝の十時少し過ぎに一度電話がかかり、少し話をして、今日の昼からまた電話するということで、この時、浦は「本当に悪いことをした」と何度も詫びた。そんなことないのに、浦が悪い訳ではないのに。

午後二時四十分頃もう一度電話があった。「出られるか？」と聞いたので「出られる」と言い、大浜で逢う約束をした。敦子に小浜まで付き合ってもらい、後は一人で行った。大浜の真中辺りで浦の車が来て、乙梨恵は黙って車に乗る。浦が「どっか行っていいか？」と聞く。「あぁ、出るの？」と言うと「出なくてもいいか？」と聞いたので「うん」と答え結局大浜に行った。車を止め二人で浜に降り、中央の草の上に座り三時頃から五時半頃まで二人だけの世界……最初はお互いに黙ったままで、打ち寄せる波の音だけが……やがて浦から話し掛けられ、学校の話、就職の話、それに結婚の話などをしながら、その間、浦は何度も何度も「本当に許してくれよな！俺、乙梨恵さんに何もしてやれなくて！」などを繰り返していた。

そして「俺、乙梨恵さんのこと本当に好きだったんだ」「俺達、年が離れすぎていたんだ。乙梨恵さんがもっと歳だったら！」なんて言っていた（いくつなんだよ、若すぎるだろう！）。「乙梨恵さんがこんなにまで俺を思ってくれてたとは思っていなかった。こんなにまで想ってくれて本当に嬉しいよ、俺には乙梨恵さんが可哀そうで『結婚してくれ！』なんて言えなかったんだ。だってまだ学生だもんな」「もし俺が乙梨恵さんにプロポーズしていたら……卒業して一、二年したら結婚してくれ！って言ってたとしたら、乙梨恵さんＯＫしてくれていたか？」とか、乙梨恵「でも今幸せなんでしょう?」と聞くと、浦「幸福でないとは言えないけど、幸福とも言えない。だって好きで結婚した人でないからな。俺、こんなに早く結婚するなんて思ってもみなかったよ。早くても二十四歳くらいにするつもりだったんだ。俺より親の方が乗り気でね、親父があんまり言うもんで、つい『好きなようにしろよ』って言ったら本当になっちゃったんだ。本当に早かったよ」

乙梨恵は彼の腕の中にいた。彼の強い腕と胸に抱きしめられ、乙梨恵は全てを彼にあげたかった。そして浦は、乙梨恵を抱き口付けを……彼の優しい唇……乙梨恵は、彼の胸に頬を埋めたまま……五時少し過ぎた頃、遅くなるといけないと立ち上がり、二人で歩きはじめた。波打ち際で、浦「もしも、離婚したら付いて来てくれる?」

私「浦さんはそんな人じゃない、そんな無責任な人なら好きになっていないし、例え離婚して一緒になれてもそんな人なら、また同じ事を繰り返すよ」(大人びた分かった様な事を言うね)。「幸福な家庭を築いて奥さんを幸福にしてあげて、これからはお兄ちゃんと思うから、お兄ちゃんとして相談に乗ってね」。彼「分かった」。

浦は乙梨恵を乙梨恵の肩を強く抱きしめてくれた。海に居る人々が帰るのを待ち、バスが通り過ぎるのを待ち二人は別れた。別れる前に「もっと早く、乙梨恵とこういう気持ちになっていたら……また電話してもいいか?」「うん」「じゃあ、元気出せよ! しょんぼりしてたら駄目だぜ、約束だよ!」。二人は指を絡ませ、乙梨恵は道路へ彼は砂浜へ別れて行った。

神様ありがとうございました。乙梨恵は一生、彼を愛し続けるかもしれません。いえ、一生愛し続けるつもりです。彼だけを……またいつか、逢えることを祈っています!!

別れの時

昭和五十年一月二十六日　十八歳・高三

この日記帳は扇屋さんからのプレゼント、梅とお揃いのを頂いたのです。暫くご無沙汰していたので、また今日から記することにしよう。

会計の検定を受けるために学校へ。帰り梅の下宿へ遊びに行き、遠くからだったけど浦を見かけた。乙梨恵にとっては最高の幸福！　しかし夕飯の支度をしていた時、雄二よりの電話、その後、林《はやし》と替わり話を少々。二月一日に遊びに行く約束をした。過去三度彼の車で、他の男とも、これで良いのだろうか？　好きでもないのに相手を本気にさせて、乙梨恵の好きなのは浦だけで今の乙梨恵には彼以外には誰も考えられない。浦には奥様がいるがそんな事どうだって構わない。私は浦を愛しているの。乙梨恵は悪い女でしょうか？　胸が締め付けられるように苦しくて、どうしようもないの！　どうしたらいいの？　どうしたら？……姉が倒れて母は今日、東京に行ったというのに……。

一月二十七日　今日は何とも言えない日だった。計算実務のテストがあり、ちょっと危ない雰囲気、それから唯一つ大変喜ばしいことは習字が大変上手いと先生から褒められた事（ペン字は目茶苦茶なのに別人か？）。美術も恵か乙梨恵が何やら賞をもらえる事に？　学科賞の最高のような雰囲気で大変嬉しい。それに姉さんも大したことはなさそうだし。淋しい夜、彼は奥さんと……あぁ嫌だ。乙梨恵の浦に逢いたいな!!

一月二十八日　今朝は朝寝坊して、おじさんの車で人丸まで送ってもらった。母から電話があり来月の四日か五日頃帰れるという。父は風邪で熱が三十九度もあり、とても苦しそう。テレビドラマ「隣りの隣り」で篠田三郎出演。乙梨恵と浦のまるで逆、三郎の好きな人が婚約し、乙梨恵の浦は結婚し、思わず涙が頬を伝う。とても悲しい番組だった。こんな苦しい、苦しいことが他にあるだろうか？　一人の男を愛し、別れて一年にもなるというのに忘れられない。悲しい女の恋物語。

一月二十九日　ツボイでカッコいいGパン買っちゃった。夕方金沢の叔父さんから電話で就職祝いに服を作ってくれるようで嬉しい。乙梨恵の心は何時になったら、変わるのだろう？　未だに、いや何時まで経っても忘れられぬ恋の病に、ほとほと疲れてしまいました。女心の切なさよ……。

一月三十日　今日も伯父からの電話。薔薇屋に通信文を書いた。後数ヶ月、浦に逢うことが出来るかな？　逢いたい……絶対に逢いたい！

一月三十一日　林さんから明日のことで電話があるはず、父さんに何て言おう……何て断るべきか？　電話があり一応、行かれるだろうと答えたが、どうしていいか分からない。

逃避行

悲しみは……続く、その後私は、浦の居る田舎で同じ空気を吸って生きるのが切なく苦しく、やけくそになり、こんな所から早く脱出できたら何処でも良かった。逃げるように就職して、大阪のデパートで寮生活を初めて働きだす。

何故か？　浦には、二十三歳までは思い続ける事を許してほしい。それ以後は、きっぱり貴男の事を忘れて他の人を好きになる努力をするからと言っていた。その頃は携帯電話も無いし三、四日に一度位、夜に寮に電話を掛けてくれていた。それだけが唯一の楽しみだった。二棟の大きな寮で電話当番があり電話が掛かったら何号室の誰さんと呼び出しがある、近くの受話器を取ると話せるが電話があった事は皆に知れる（いろんな友達が電話くれて、私の名はしょっちゅう呼び出されていた。声を聞き間違えた事もあった）。浦の声を聞けるだけで嬉しく幸福を感じていた。悪い事とは知りながら田舎に帰省する時には小郡（新山口）まで迎えに来てくれて、夜のドライブが楽しみだった。時には昼間もデートして……そんな事を繰り返し段々苦しくなり、自分だけが傷ついてるように彼にきつい事を言ってしまい、このままでは辛過ぎるし別離《わかれ》る決心をしなくてはと、一度目は言ってはみたものの我慢出来ずに二度目三度目ついに「貴男が居ると私は幸せにはなれない。私の事を少しでも思ってくれるなら、二度と電話もして来ないで」とかなりきつく言って泣きながら別離《わかれ》た。それっきり彼からの電話は途絶えた。淋しくて淋しくて、思いを断ち切る事の無情さ……。

再会

あれから三十年……神様の悪戯か……あまりにも偶然……彼との再会。

平成十九年八月二十三日〜二十八日。帰省。

幸《みゆき》（大阪時代の友で従兄の嫁）が、小郡に迎えに来てくれる。東萩、昔の「光の道」へ。この日は長門の病院に入院している母を見舞って、幸は炭焼きの仕事等忙しいので帰り、私は久し振りに母とゆっくりして、俵山行きのバスが長門から出ているのを知ったので、初めてバスで俵山の幸の所へ帰る。最初は長門発十七時二十分の予定だったのが、幸の都合で十八時十一分に変更になり十八時前から長門駅前でバスを待っていた。一台のバスが来た。「上川西循環線」聞いた事も無い行き先なので時刻表を見ていた。バスの運転手が気にしてくれている様子でこちらを見られた。一瞬、見覚えのある顔?と思った（きっと夢で先に見ていたから気付いたのだと思う）初恋の浦ちゃんに似ているが、まさか……と思った。もう一度振り返った顔を見る、浦?　どうしようと思いながら思い切ってバスに近寄り声を掛ける。「すみません失礼ですが、お名前もしかしたらXさん?」「そうだけど」「浦ちゃん?」「おりえ?」。心臓が破裂しそうだった。目茶苦茶懐かしい。「食事でもしよう！　明日電話してくれ！」と電話番号を教えられ明日電話する約束。「絶対にして来いよ！」とバスの出発時間ぎりぎり、胸が張り裂けそう！　田舎に帰ったその日、しかも初めてのバス、幸の都合が悪くなり迎えに来れないから、しかも時間も変更になり神の悪戯か?……この奇跡！　初めて利用するバスなのに、偶然、浦も今日と明日乗車になったらしい。明日は急病の人の交代で、在りえない事だ。私は六時十一分発の俵山行きで幸の炭焼きの所に行く。バスを降りて暫く満天の星空を見上げて余韻に一人ぼおっと想いに耽り……我に帰った様に幸と会う、幸は本当は明日も炭焼きの予定が今日で終わったらしい。俵山温泉に連れて行ってもらい八時過ぎに帰る。幸のご主人で私の従兄の正弘《まさひろ》さん、お刺身と澄まし汁を作って待っていてくれた様で、待ちきれずに食事は終わっていたけど、ビールを飲んで付き合ってくれ楽しく話が弾む。

八月二十四日　六時半に起きて掃除して、母に顔だけ見せて幸と萩へ行く。途中で浦に電話して六時三十二分の大泊行きのバスに乗って一緒に終点まで行こうと約束し、五時過ぎ母の病院へ。母の所に行っても心が落ち着かない。汗だくの為にセーターだけ着替え、六時十五分頃病院を出て六時三十二分の青海島行きのバスに乗り、お客様も無く二人だけなので、すぐ後ろの席で話しながら車庫まで行き、先に出て海を見ながら待つ。軽トラで観光船乗り場のお寿司庵へ、何故か胸が一杯で食べられない。八時頃店を出て缶コーヒーを飲みながら駐車場で話する。目を見て話すのが辛い。ボディタッチ、手を握ったり、お互いに我慢。

「これ以上は良くないな」と、ずっとこのままの関係を続けた方が良いと努めて明るく自分の事を話す。小説が書きたい事、詩も創りたい、私は宇宙人等、冗談も交えて、私が宇宙人と言うと「なら毎日、家に忍び込んで来てくれ！」と言ってくれる。「乙梨恵は益々俺から離れて行くな」とも言われる。浦は身体の弱かった私をしきりに気にしてくれた「身体には気をつけろよ！」と、七時半、長門で私がバスに乗るのを見送り帰る。すぐに電話。「ありがとう！……さよなら……」。とても淋しく頬にうっすら涙……俵山病院の前で幸の車を待つ。満月と満天の星空、この大空を掛けてもう一度逢いたい！　淋しくて辛い、もう一度声が聞きたい！　とても切ない！　神様、心を抑えました！　でも辛いし悲しくて苦しい！　今でも浦を愛しています！　涙が……浦ちゃんには息子と娘がいて二人とも結婚していて孫も三人いるらしい。娘は時々子供を乗せて一人で帰って来ると。浦は煙草も吸わず真面目みたい。Xバスの下請けで働いて月四日〜六日しか休みが無いらしい。日帰りの長距離もよく行くらしく二、三日前には東京に行ったとか。家族の事もいろいろ聞かせてくれた。奥さんに車を借りる訳にはいかず軽トラでデート。雄二は大工さんで頑張っているらしく幸福そうで何より。明日は宅の子供の棟上とか。夜中ずっと泣けて泣けて仕様がない。淋しくて淋しくて、悲しくて辛くて涙が止まらない。眠る事も出来ず、隣りの部屋で寝ている幸達二人に気付かれない様に何度も何度も声を抑え殺してトイレで泣いた。辛い御先祖様なのか？　私ではない。辛い御先祖様が私に憑って……と自分に言い聞かせる。

翌日は、お昼まで幸の都合で家に居て、時間が無いからお花の準備もせず一時前からお墓参り、お掃除、草刈とお線香だけで御先祖様に謝ってお参りして汗だく、萱で手を切る。お墓参りを終えて、幸に「日吉神社に行きたい」と頼むが「また今度」と断られ、その直後に幸の車のバッテリーがあがり、通り掛かった萩の岡村さんという人が助けて下さり、人通りの無い所なのに助かった。そんな時十四時四十五分浦ちゃんより、月曜日に奥さんが夜勤だから、もう一度逢えるかもしれないと電話。幸と帰る途中の大浜の駐車場で、懐かしい想い出の大浜を上から眺めて帰る。三時半頃病院へ。母とゆっくりして六時過ぎ幸宅へ、今日もお刺身を沢山頂き正弘さんといろいろ話す。

八月二十六日　幸、今日は地域の集会で忙しく七時半には家を出て、私は正弘さんに八時半頃送ってもらい、岡田病院に九時頃着く。今日は一日、母の側に居てあげられた。母さんにクッションヨン等を買ってあげて、早速喜んで使ってくれた。

デジャブ

八月二十七日　今回二度目の墓参り、正弘さんの取ってくれた花芝を持って、凄い涙と汗になり……帰る途中でまた幸に「日吉神社にお参りしたい」と頼むが、ごみ出しの日を忘れていた様で「時間が無いのでまた」と残念！　結局ごみは収集された後だったのにそこに置いて帰り、なら行けたのにと思ったがこれも神様がされた事。十時前に帰りシャワーして一時前に今日泊まる青海屋さんに荷物を預けてから病院へ送ってもらう。

四時に浦ちゃんより電話、五時に萩信用銀行の所で約束、四時五十分頃歩いていたら後ろから浦ちゃんが来る。仙崎の公園、車の中で人目を気にしながら暗くなるのを待って六時頃、先に浦が浜屋さんに入り電話をくれて私が入る。人目を忍んで少し淋しい。二人でうに丼食べてとても美味しかったが、やはり胸が一杯で切なくあまり食べれないので少し食べてもらう。お孫さんの写真を見せてくれたり、いろいろ話をする内に、

終に日吉神社の話をすると、今から連れて行ってくれるという。軽トラでドライブして途中これまで実際に見た事も無い、赤に綺麗なブルーの神秘的な夕焼けを見た。途中でシャッター押して「さっきの本当に綺麗だったね！」って言うと見てなかったようで「早く言えば車を止めたのに」と言ってくれ農道を通って日吉神社へ。すっかり日が落ちて外灯も無く真暗だった。車を降りて少し恐かったので「下からお祈りだけする」と言うと「車のライトで照らすからギリギリの所まで行こう！」と肩を抱いて支えてくれた。

「じゃあここから」と祈り始めた。と突然、目の前が明るくなり、目の前に真白な光輝く鳥居が現れた。神様に呼ばれた様で！　恐さも何も忘れ「私行ってくる！」と階段を上りはじめた。浦は私に驚いた様子だけど、すぐに着いて来てくれた。

以前何処かで見た光景、霊界では先に起こっている。確か、夢で見ていた。目の前に真白な鳥

居が浮かび上がって不思議な光景だった。その夢で見た光景がそのまま今、起こっていたのだが……まさか？　浦との事も話の内容まで、景色まで全て起こるはずが無いと思っていたし……夢を見た時は漫画じゃあるまいし、こんな事があるはずが無いと、すっかり打ち消して忘れていた。何を意味するのか？「お祈りしたいから待ってて」と言い祈りはじめた。後日、浦に確認したら浦にはそんな鳥居も何も見えなかったと……やはり暗くて恐かったけど、乙梨恵に何かあるといけないので守る為に、怪我したら大変と私を守ろうと必死で追いかけて来たんだって……浦も何か祈っていた。

行く時はスッスッと歩けたのに帰りには、やはり暗くなってて道が見えにくく何処から階段なのかも分かりづらい、「おんぶしようか？」と言ってくれたが二人で支え合いながら、浦が私をしっかり支えてくれて、途中転びそうになったけど無事車に辿り着けた。

境内を出て、神様の見えない所と車を止めた。私は感激していて何の抵抗もなく口付けされた。川尻を周って帰ろうと波止場で車を止めて浦の我が儘に少し許してしまう。今でも愛していることの気持ちを抑える事が辛い。浦が「家に行こう」と言うが駄目だとなだめ、浜の方から行くが近所の人が涼んでいるのか？　港の方に出ていて慌ててUターン、上を周り家の庭まで行き家を見てから潮吹きへ……まるで昔にタイムスリップしたように寄り添いあって、潮の香りと満月と星に包まれて二人だけの世界。夢なら醒めないで！……手を繋いだり若い恋人同士のように……潮吹きを後に車は二位が浜へ。

ここも誰も居ない、誰にも邪魔されない二人だけの世界……全てが二人を見守って祝福してくれてるような、そんなひと時。浜木綿の乱れ咲く砂浜を二人、手を繋いで抱き合ったり甘い口付け、おんぶされたり心のままに戯れ時の経つのも忘れ……時間よ止まれ！　潮騒と星と夜の帳の中で二人の影だけが浮かび上がる。二位が浜に別れを告げて、カリジュクを通り、車を止めて美しい夜景を見ながら十時前に青海屋へ帰る。浦の帰る後姿をいつまでも追って……青海屋に帰りすぐにお風呂をいただき、一人お部屋で切なくて心が苦しくて考える事すら恐い、何も考えまいと床に着くが切なくて眠れない。

青海屋さん、ここの想い出は、玄関を入って直ぐに壁面の石膏細工が目に入る。木や石等の自然の素材を生かした心温まる青海島の原風景、特に私のお気に入りは、お風呂、湯船に浸かり見渡せば、ぐるりと青海島を海から一周出来る配置の楽しい原風景の石膏細工で心安らぐ一時……ホテルの様な華やかさは無いが、家族の様な温かみを感じる所だった。また訪れた時は是非に泊まりたい懐かしい所。

八月二十八日　八時過ぎ病院へ。八時四十二分、浦より電話「昨夜は心が落ち着かず、ときめいて切なく苦しくて眠れなかった。こんな気持ちになるなんて、まるで昔にタイムスリップしたようだ、乙梨恵はどうだった？」と聞かれ私も全く同じ、私だけが苦しいと思っていたのに、まさか浦もそんな気持ちになっていたなんて、二人同じ様に落ちていったなんて……心が全てが一つになっていた、これ以上ない思い。今日、梅ちゃんに逢って帰ると言っていたので「気をつけて帰れよ」と言って電話を切った。

祖父の死

その後、寿江《としえ》姉さんより電話で、浄化が厳しく苦しい。母さんに実好《さねよし》のお祖父ちゃんの事を聞いてほしいと頼まれる。お祖父ちゃんは戦前フィリピンで事業をしていて、戦争が始まる前にお祖母ちゃんは身重の為もあり一足先に日本に帰し、残務整理をしたらすぐに帰るはずだったのに、現地の人に殺されたと聞かされていた。

不思議な事に、従兄の正弘さんと車を走らせながら話してる時に突然「お祖父ちゃんの事を知ってるか？」と聞かれ「知らない」と答えると「実はお祖父ちゃんは、お祖父ちゃんの死を知らせてくれた日本人に殺された」のだと事実は知る由も無いが、正弘さん良く知っていたので後日、もっと詳しく教えてもらおうと確認したら「そんな事知らないし俺が知ってる訳が無いだろう」と「あの時に車の中で教えてくれたじゃない」と聞き直しても全くで、私には良くある事で私に知らせる為か？　いろんな人が本人の知らない事を私に言っておきながら、後で確認すると「そんな事知らないし、言う訳が無い」という事が多い。何故かお祖父ちゃんが私に知らせて来たとしか思えない。

大阪へ

大阪へ帰る日、梅ちゃんが病院まで迎えに来てくれる。幸宅に忘れ物があり、幸も用事があるので太寧寺で待ち合わせ会ってすぐに帰る。そのために帰り道の気になる神社にご挨拶して豊田湖、昔、浦と一度だけ通った事のある、デートの帰り急ぎ事故寸前だった事のある所を通って下関に向う。「豊田ホタルの里ミュージアム」でゆっくり食事して新下関に送ってもらう。三時二十六分のひかりで家には七時前に帰り着いた。また一人の淋しい夜が始まる。浦の声が聞きたい……この淋しさは何なのか。

夜、空を見上げて、あの日の満月は何処？と探す。「月よ、私の心を伝えて！」と願うと、心を察したように月が顔を現してくれた。月を見つめて「この想い、彼の窓辺に届け」と祈る。「月よ、このまま私を吸い込んで透明人間にして、あの人の窓辺に届けておくれ！」いつまでも祈り続ける。浦のお母さんの事が気になる。

八月二十九日　一日切なく、ぼぉっと過ごす。浦のお母様の名前は分からないけど浦の母として慰霊をする。今夜もまた月を見上げ「この想い、彼の窓辺に届け！」と祈る。「月よ、このまま私を吸い込んで透明人間にして、あの男の窓辺に届けておくれ！……」お母様の事が気になり、月を通して声を掛ける。浦に電話が欲しいと願う。

明日は三輪神社にお参りすると神様に約束した。田舎から帰って何をしても切なくて苦しくて、強がってみても、やはり愛してる。久しぶりに恋をして、昔に帰っていた辛い想いを詩にして……昔も浦に恋をしていた頃、詩を書いていた。その為の再会なのか？　久し振りに詩を書く以外に何も手に付かず、心乱れて……。

参拝

平成十九年八月三十日　三輪神社（大神神社）

昨夜から朝もまだ激しい大雨に雷鳴、心は切なく苦しいけれど神様に約束したので三輪神社に御参拝に行く。昨夜の想いが通じたのか九時二十八分、浦より電話で泣いてしまう。切なくて苦しくて声にならず一旦切り、すぐに電話しなおしお母様の名前を聞く、お母様の働きがあるようだ。何かが喧嘩でもしているような雷鳴、雷雨がなお酷くなる。どんな事があっても神様との約束、必ず行くと固く決心して言葉に表す。出る寸前、不思議と雨はあがった。奈良は大雨の為に徐行運転。二時半頃、大神神社に着く。天皇家の菊の御紋章、心を正しゆっくり鳥居を潜り参道へ。雨上がりで清々しい。

最近は不思議で考えられない様な出来事が多く何をどう生きれば良いのか？　さっぱり分からない。仕事もしなきゃお金も無いのに、そんな事にはお構い無しで神様のなさる事と使ってしまう自分がいる。全ては神様の成される事とはいいながら、私も一人の人間で女、幸福になりたい！……。切なくて苦しいけど、素直にこの試練を乗り切れるよう頑張ります。全ては霊界で先に起こっている事が、はっきり分かったから……。

十月一日　秋季大祭、平本先生に会う。

十月十八日〜二十一日　福井、九頭龍神社へ（輪廻転生に記載）

十月二十五日〜二十九日　恵毘須神社の御神体に会わせて頂く為に帰省。

下関で十時過ぎに梅と会う。彦島から唐戸市場で食事して長門に送ってくれる。六時過ぎ長門駅前で時間を調べていて偶然、浦に会い少し話す。川尻への帰り方を教えてもらう。あれから二ヶ月一、二回しかこの時間に乗ってなかったらしい、凄い奇跡！

六時半頃から八時まで桜《さくら》さんと食事する。

十月二十六日　病院から川尻漁港へ電話し、十時三十一分のバスで古市で乗り換えて川尻へ。十二時過ぎた為に漁港は閉まっていた。社の外で祝詞を上げて恵毘須神社の窓拭きをしながら時を過ごし一時頃漁港へ。滝のような大雨になる。昨夜からも大雨が続き稲光もあったらしい。田《た》浦《うら》運営委員長さんが案内して下さり中に入れて下さる。二重の扉を開けて御神体を拝ませて下さり感無量！　田浦運営委員長さんに「祝詞を上げて良いですか？」と聞き、一人そこに残り、ゆっくり祝詞を上げて中を見させて頂く。御神体の横にお鯛さんが……昔、私の夢に出て来た……私が海の中、竜宮城の様な門の前に立っているとお鯛さんが泳いで来て、門に逆立ちした鯛の形をした穴があり、そこにピタリと嵌まった変な夢……それと同じ逆立ちした鯛が石で彫られていてビックリ！　暫くして田浦運営委員長さんが帰って来られ、いろいろ話し田浦さんの母親の実家の海辺《うみべ》さんの家でも海で何度も同じ石が網に掛かり、何度捨てても同じ様に網に掛るのでその石を持ち帰り御神体として御祭りしていると言われた。私が気にしていたから夢を見たのでは？　と言われたが、その頃は気にして無かったような気がする。田浦さんは「若い者はあまり興味無いし、一応お祭りはしていたが今年の十二月十三日の祭りからちゃんとします」と言って下さる。私に言われても？　だが……玉串五千円を包んで行っていたので「十二月の御祭りにお供えさせて頂きます」と言って下さり感謝！（実は恵毘須神社の御神体は観音島の所の海中に光輝く物があり、それを男達数人で取り上げようとしたが全く動く様子もなく、母の育ての親の御先祖様、お祖父ちゃんの夢枕に立たれ、それでお祖父ちゃんが取り上げると軽くすっと持ち上がったそうだ。それでお祖父ちゃんの家の外に御祭りしていたが、そこの家も絶えたので漁協でみるようになったらしい。だから会わせて下さったのかも？　私との血の繋がりは無いのだが）。幸が来ないので恵毘須神社の御神体の上がった場所、観音島へ行く。幸の車が通り過ぎたのですぐに追い掛けて行き日吉神社へ。その後、昔、母がお参りしていた観音様を探し、近くだが人目の付かない所にあり、すぐには分からなかったが、たまたま鯉を釣っている人がいたので聞き、聖観音（木造観世音菩薩）へお参りする。帰り道、大浜の駐車場で幸の作ったお寿司を頂き、派出所で小田のマラ観音の場所を聞くが、藪でハミが出るかもしれず危険だと言われ、今日は諦めて母の病院へ行く。その後、浦と七時過ぎから八時頃まで車で話し青海屋さんに送ってもらう。凄く淋しくなっていたら何故か？　旅館のお婆ちゃんが私の部屋に来てお話する。ここは昔、海がすぐ側で、波の音がしていたけど埋め立てられて家が建ったんだと話して下さる。私が調べていた事が判明！　またまた驚きの事実！　平本先生が昔、布教で借りておられた青海旅館のすぐ側が海だったと言われていたので、この場所で間違いがなさそう。

十月二十七日　朝、浜を散歩して病院へ。母が平本先生より「山陰は邪神の大邪だから、山陰を救わなければいけない。松さんは川尻を救わなければいけない」と言われたと聞いていた。姉も来て幸の車でお墓参りする。お墓に異変、川尻の海は大荒れで風が凄い。車の中で私の体験を話すと邪神に遣られないように言われる。青海屋に寄ってもらい帝國石材へ、二十九日に再度川尻に入る約束して五時過ぎに姉を見送り七時前に病院を出て七時過ぎから八時過ぎまで浦と一緒。今日も青海屋のお婆ちゃんがお部屋に来て、かなりお酒が好きの様で飲みながらご先祖様の話をする。

十月二十八日　朝病院に行く途中、駅に向う時にUターンするとバスが来た。浦だったので手を振る。午前中は古里祭りに行き疲れた。二時頃、幸と角山《かどやま》の叔母ちゃんが見舞いに来てくれる。二時半過ぎから幸と萩へ。疲れていて途中少し口論になる。松陰神社に御挨拶、参拝者が誰も居なくなり消えてくれた。神主さんが拝殿へ。幸と祝詞を上げて光の道跡地へ行き何故か涙が……伊藤博文邸からまた松陰神社へ御挨拶。人が多かったのに、また丁度途切れて祝詞を上げると太鼓が叩かれだし、祈り終わると太鼓も終わり、後ろから次の参拝客が大勢来られた。六時半頃病室へ帰る。平本先生の本を母に渡したら、私のいる事も忘れて読みだした。記憶もしっかりして凄い！　聞く事にも正確に答えてくれた。八時半頃、青海屋へ帰る。

墓石建立・法要

十月二十九日　朝八時過ぎ、まず病院へ。九時過ぎ青海屋さんで帝國石材の人と待ち合わせ、人丸で姉を拾い川尻の新しい墓地で話し合い墓石等決定。私一人で松、中島、末永の墓へ挨拶に行く。その後、檀家の法泉寺さんに挨拶しお参りして長門に送ってもらい、姉と懐かしく美味しいお蕎麦、蕎麦掻きを食べて私は帝國石材へ、姉は帰る。病院に一時過ぎに帰り、一時四十分頃、母さんにさようならする。ここで看護師をしている高校の時の三羽烏の一人、お恵さんに偶然合い少し話し「今度帰る時は知らせて」皆で逢いたいと言う。別れて青海屋へ。二時頃から浦と秋吉にドライブ、展望台の途中、長者が森等散歩する。昔の恋人に戻ったみたいに手を繋ぎ散歩……お兄ちゃんと呼ぶというと「今日だけな！」お兄ちゃんじゃ何も出来ないと。乙梨恵の過去の話をする。四時頃まで居て五時前に小郡に送ってくれる。淋しい！

浦に「時々凄く淋しい目をする」と言われた。現に淋しい。

帰宅し、大家の澤田さんと話す。観音島の事、分からないのだから言ってあげるべきだと言われた。美智子さんよりメール「まあそうなの、萩に行ってたんだ、何かね乙梨恵ちゃんの事が気になったのよ！　誰かに誘われたの？　何か使命があるのかもね」と。

平成二十年三月八日～十一日　聖地修養会、第四十期・いづのめ荘泊

十月七日～十日　帰省、八日、父の十三回忌

梅とコスモスを見に行き長門へ送ってもらう。松の家系は女系、四人姉妹で後継ぎが無いので、長女の次男が松姓を継いでくれた、結婚していて戸籍上は私の弟、お嫁さんも宗教には興味無かったのが、突然「松姓を継いでるのに先祖を見ないのはおかしくない？」と言ってくれ、お仏壇を買うと決めてくれた。四姉妹が久し振りに揃い姪も含め女五人、三人で喧《かしま》しなのに五人も集まれば……。

九日に電車で萩へ行こうとしたが山陰線萩方面が何と二ヶ月に一度の運休日だとは。今日は駄目と言っていた幸に再度頼んだらＯＫだったので萩へ行けた。

神秘

平成二十年十月十二日～十四日　福井

サンダーバードを待っている時、トワイライトエクスプレスが入って来た。優雅な北海の旅……浦と出来たらどんなに嬉しいだろう。豊《とよ》さんとも、素敵な誰かさんと優雅な旅がしたい！

出来るかも？　今度は北の旅をプレゼントしてくれる殿方を探そう。越美北線十四時五十一分発の出発待ちの時、向いにまたトワイライトエクスプレス。

幅岸《はばぎし》さんが出迎えて下さり、お宅へ着くと何と北海道からお客様がみえていた。

夕食時、お酒頂きながら福井に永住するようにとお見合いを薦められた。

十月十三日　朝食済ませ、幅岸さん夫妻と北海道の小父さんと四人で九時二十分出発、一路白山さん・白山本宮・加賀一ノ宮・白山比咩神社・大岩・白山比咩大神の遥拝所、宝物館で受付の神主さん？詳しく説明して下さる……。

　泰澄大師に最初は龍の姿、次に美しい女神（お姫様）の姿で現れ「私の本当の姿が知りたければ七つの湖のある所に来い」。そして十一面観音の姿で現れたと教えて下さる。その後、幅岸さんのご主人が白山スーパー林道に連れて行って下さる予定を変更し、都合が悪く来れないはずだった姪御さん夫妻と合流出来、お昼はお蕎麦を食べて白山自然智の里、生雲へ案内して下さる。そこは白山を拝める搖拝所、山の頂に知る人ぞ知る那谷寺の宿泊施設があり素晴らしい所で帰りたくない。ここに住みたいと思うくらいだ。十一月頃から冬季は閉じられるらしい。朝日、夕日が素晴らしいらしく一度泊まりたい心落ち着く所。白龍神と書かれた立て札在り。お茶をしてゆっくりさせて頂き何度も一人で堪能する。帰り道、観音水を汲んで松の木を取って帰る。早ければ南先生の所に行く予定が遅くなり六時頃に帰り着く。今夜も四人でお酒を飲みながら楽しく小父さんとお父さんに少し肩揉みして入浴、南先生にコンタクトを取って下さる。

今井恒子さんが帰幽されたと訃報が届く、明日お通夜、明後日葬儀、ご冥福を祈る。

十月十四日　北海道の小父さんは一人で福井に行きたいからと外出され、八時二十分、南先生の所へ伺う。朝から三時間くらい体験談等を聞く。田とかそこに生えている草等を見るだけで、そこの家が仲良く上手くいっているか状態が分かるとか。大事なのは自分の姿を見せる事。時間厳守の重要性を教わる。先生は那谷寺に行きたくて仕方なく行って祈った時、誰も来ない。先生の横に観音様がおられるのを見た人がいる。誠が大事で決心すれば許される。先生のお父さんが亡くなられる二、三日前「この家は人が入り切れなくなる程、人が来る様になる」と言われそれを聞いてた人達は終に頭まで可笑しくなったと思ったらしい。それから七十年、平成十三年～十七年。先生は農家が嫌いでする気は無かったが、全て自分に原因があると悟り霊主体従の生活に戻る為に目覚め、福井で自然農法を始められ自農の試食会、多い時は七十人～百人来られたらしく素晴らしい。私の体験も少し話し、先生「特殊な使命があるのだな！」と。次回に白山本地堂に三人で行く約束をして、先生の作られた自然のえんどう豆を頂いて帰る。お昼は幅岸さん宅で頂き、大野十五時五分発、大阪十八時八分着で帰る。

葬儀

十月十五日　十一時半、今井恒子さんの葬儀に井上さん、小松さんと京橋で待ち合わせて行く。

お棺の今井さんに会わせて頂き光が差し込み天国直通と思える様な葬儀だった。私の中では小父さんの葬儀も一緒に行われているような感じだった。井上さんから残って一緒に食事と誘われ、席が二つ足りなくなった為に遺影の前に兄弟の席を作り一緒にいろんな話が出来た。私が山口に帰った時に同郷もあり、小父ちゃんのお墓を探してお参りした事も話す。場所を間違っていたが、そこまでしてくれたら充分親父も喜んでいる。いつも乙梨恵、乙梨恵と言っていたからと言って頂く。

次の約束に少し遅刻、スペの元メンバーで村《むら》さん宅に集合しお好み焼き。村さんは十年前にお好み焼き屋さんをしていたらしい。ビデオやサッカー等見たりして、私は少し場違いかな？と感じたが十時前にお開きで帰る。村さんへの借金だけ返せて安心。

十月十六日　外で話している時に突然、私を目掛けてまっしぐらに男の人が来て突然に、仏滅だからとかクリスチャンとか立花の方から来たとか？　聞き取りにくい口調で訳の分からない事を喋ると思うと突然、膝まずきお辞儀をした所で他人が追い返された。

芦別、艮の金神・国常立尊　現る

十一月一日　京都平安郷、奥竹林の一番奥で何か凄く恐い異様な霊気の様なものを感じ、もしかしたら昔、古墳か何かあったのではないか？と思い、祝詞を上げながら散策、蜘蛛の巣が気になる。楠風荘で食事をしていたら、徳《とく》さんが来て感じる方か聞かれ「良い所に連れて行ってあげようか？　行きたい？」と。私「行きたい」と言うと、連れて行かれた所は先ほどの奥竹林。奥の大岩の所で「ここは艮の方角になり、ここから真っ直ぐ東北に一直線に延ばしたら北海道のある所に繋がる、天の岩戸・艮の金神様の所になる」と。私「北海道の何処ですか？」と聞くが分らないと。勿論私は知らないのに、この口から勝手にスッと出た「芦別山ですね！」と。徳「いや何処かは分らない」と言われると、またこの口が「それは芦別山ですよ」と確言している。もう一人の自分がいて、言ってる自分に驚き、「何言ってんだ？」不思議な感じがした。二人で祝詞を上げて、私に神様が何か伝えたいのだろうか？　徳さんが最近ここで善悪の立分けを祈っている、動き出していると。神様が徳さんに言わせられていると感じる。この事はあまり広めない方が良いと言われる。先日、井上さんが私に「今度は何処かね？」と言われた時、また何処かに行くのかな？と思ったがこれかな？　先日福井に行った時、二度もトワイライトエクスプレスに合い優雅に北海の旅がしたいと思ったし、幅岸さん宅に北海道から小父さんが来ておられて、偶然か北海道をよく聞かされた。今日はバスで帰るつもりが観音島が気になり、パンプスで足が痛かったのにゆっくり二時間掛けて大覚寺・釈迦堂・二尊院から嵐山に歩いた。家に帰って、もしかしたらと気になり地図の上に定規を置き調べてゾッとした。京都ここから、竹生島、福井、白山を通って芦別山に艮の方向に一直線で凄いもの、働きを感じる。神様からのメッセージをはっきり感じ、「芦別山に行け」と、その日から善悪の立分けがはっきり始まるのだろうと恐くなる！

とても疲れて何も出来なくなり早く寝る。後日、徳さんに調べた事を報告し確認したが知らないと……。

母の死

平成二十一年一月十日　一日だるく寝ている、十六時三十一分、幸よりメール、母も調子が悪い「十四時三十分病院に行ったら昼食を吐いていてお腹が痛いと訴えて、お医者さんが来て痛み止めと点滴指示、食事ストップ、CT、レントゲン検査され家族に連絡すると言われていた。報告まで。乙梨惠さんの都合の良い時電話下さい」と幸から報告あり直ぐに電話で話す。何故この時気付かなかったのか！　自分が情けない。

一月十一日　母さん亡くなる……快晴で珍しく青空の良い天気。私は今日から介護実習で朝、九条駅のトイレに万歩計を落とし壊れて何か不吉な予感。ショートで実習だがしんどい。母さんがしんどい頃、私もしんどく咽たり咳きこんだり苦しくなり「大丈夫ですか？」と心配かける。お昼の休憩になり携帯を持って行くつもりは無かったのに持って行き、食欲も無かったけどお蕎麦屋さんに入り注文して、見るつもりも無かったのに字を調べるつもりで開けてビックリ！　姉さんからの沢山のメールに電話。「何処に行ってるの？　すぐに連絡して！」の激しく怒った電話。ヤス子姉の「母さんが亡くなった！」のメール。何をどうして良いのか？　すぐに施設に帰りケアヴィレッジの人に連絡し人目も構わず泣いて「母が亡くなったので帰ります」と告げるのが精一杯だった。岩間先生には連絡が付かず、中内さんが居たので連絡を頼み帰り十三教会に参拝、帰幽祈願して玄関でTとKに声を掛けられるが形だけで、この時は相手の感情が見えた。極度の状態の時には分かりやすい。本当に愛があるのなら……他人の気持ちの分からない奴等が憎い！　こんな奴等が信仰者らしい振る舞いをして宗教をしているなんて偽善者！　家に帰り、とにかく今日中に帰れる所まで帰ろうと準備、幸に連絡が付かず正弘さんに頼む。準備して六時頃に家を出てポストの先まで行った所で姉さんより電話、「母さんの写真は無いか？」と、すぐに引き返し「神様、母さん、写真は何処だった？」と聞きながら探すとすぐに見つかり、新山口に二十時三十七分着で帰る。幸と正弘さんと二人で来てくれていた。感謝！　一人で明るく喋るが母さんの死が理解出来ない！……十一時前に帰れた。母さんの顔を見て、許されて逝ったんだと少し安堵する。でも待っていてほしかった！　二月に帰る約束をしていたのに、なんの為に介護の資格を取ったのか？　田舎で介護の仕事をしながら母さんと過ごそうと決めたのに……もっと一杯話がしたかったのに、何故年末に帰ってあげなかったのか、後悔するばかり。O先生に相談して布教するのに年末年始を日本人は嫌がると言われ、どうせ二月には帰るからと……まさかこんなに早く……姉達とも家系は皆短命なのに、「母さんは百歳まで長生きしそうね」と言っていた位なのに。母さんの為にだけ帰るのはと思い散々悩んだあげくに帰らなかった。正月に入ってからも気になり代休を取って十一日から十四日まで帰ろうか？とも思っていたのに、あんなに気になっていたのに、父さんの時と同じ過ちを犯してしまった。許されないのは、この私だ！　碩《せき》生兄《お》さんも帰ってくれて、三人で仮通夜をする。

一月十二日　通夜　ＰＭ六時～　松マチ子　八十八歳

葬儀屋さんの都合で夕方まで、母を別な部屋に移動し寒い。十三時九分、浦から電話、母さんの亡くなった事を話す。家族葬でひっそりのつもりが母さんの人徳。聞きつけた人達で沢山、遠くの孫達も来てくれて賑やかなお通夜になった。寒く雪になる。

一月十三日　母の葬儀

不思議な天候の日だった。昨夜からの雪で一面真白に積もって大丈夫かな？と心配する。亡くなった日は冬には珍しい快晴で昨日も好天だったのに、今日は打って変わって朝から大雪でどうなる事かと思っていたら、葬儀が始まり出棺の頃には雪も溶けて青空の春の様な良い天気、まるで母さんの人生そのものだ。お経の最中、孫の菜未《なみ》ちゃんが何度も「母さんの馬鹿！　母さんの馬鹿！」と言って泣いている。まるで私の代わりに言っている様だった。寒かったけど日本晴れの中、出棺。多くの人に見送られ感謝！　火葬される前、姉妹で「母さん、ありがとう！」と叫んでお別れ、火葬場から帰る頃には快晴で「私を忘れないで！」と皆の記憶に焼き付けて。葬儀を終え山村に泊まる。

一月十四日　皆で山村別館からお墓参り、お墓の見積もり等もしてお骨をお寺に預け葬儀社、病院への支払い御礼等諸々の手続きを三時頃終えて皆を見送り、私は一人電車で帰るので駅に向う途中、淋しくて浦に電話してしまう。丁度今は長門だったので電話して逢う事が出来た。バスが来る寸前、お金をばら撒いてしまった男の人がいて当然の事ながら拾ってあげていたら、それを見ていたらしい浦から後日「優しいな！」と言われた。誰でもする当たり前の事だと思うけど。母へ「お供えしてくれ」と一万円くれた気持ちが嬉しかった。「バスで少し行かないか？」と言われ少しでも一緒に居たいのは山々だけど断りすぐに別れる。長門十六時十二分発の美祢線で帰る。淋しい。

一月十七日　十七時半すぎ、浦より電話、声が聞かれて嬉しい。二十一日も電話。

二十九日　介護学校も卒業。田舎に帰る必要も無くなったしこれからどうするのか？

二月一日　十二時八分、浦より電話、声が聞けるだけで嬉しい。

二月九日　母の三十日祭。十二時五分、浦より電話。

ＵＦＯ　現る

平成二十一年二月十一日～十四日。帰省

何も考えてないのに奇しくも先月と同じ十一日～十四日に帰省。何か意味があるのだろう。新大阪十時五十九分の新幹線で一時に新山口着。幸は遅れて二時前になる。萩から長門に周り五時過ぎに青海屋さんに着いた。六時からバスで浦と大泊のバスの詰め所で待って二十一時過ぎまでデート。まず仙崎に帰ってローソンで買い物して港に行きドライブして青海湖、深川湾の波の橋立の松林を散歩したり浜を歩いておんぶしてくれたり二人だけの世界。水仙の香りが何ともいえず神秘な世界！　山に大きな満月が一、二分位の間に昇って来た。不思議な現象！　あまりの現象に二人で感激！　母さんも許してくれてる様。急いで車に帰り写真を撮ろうと携帯を持ってUターンし写真を撮るが写らない。大きな満月はUFOの様にすぅっと山の向こうに消えて在りえない世界！　浦と居ると不思議が多い。逢った時には墨絵のように霞み、星も殆ど見られなかったのが、いつの間にか綺麗に澄み切って星もキラキラ輝き満月も美しい（この時の満月は普通の大きさ）。浦と逢う時はいつも満月。また想い出が増えた。感激したまま九時十五分位に別れる。九時半過ぎに幸が泊まりに来る。

二月十二日　七時前に青海屋を出て湯本苑へ特養の介護の体験、ボランティアをさせて頂きに行く。浦、昨日があまりにも感動的だったからと電話くれた。

二月十三日　朝、浦に電話するが通じず、十時過ぎに幸が迎えに来てくれて人丸で姉を拾って川尻へ十一時半頃着き家を片付け。浦に逢えず十八時前、私から電話し明日の約束、一人だったので話せた。青海屋に帰り入浴、食事してゆっくりする。

二月十四日　七時過ぎに起きて大急ぎで食事し八時十三分に電話、八時四十分いつもの場所で待ち合わせ十一時前まで仙崎の浜を散歩。中村雅俊の歌碑とミュージックも流れ。今日も青海湖、深川湾の松林を散歩。青海湖に着くと姉と桜さんから市営住宅は単身で入れると電話をくれた。

浦の我儘、少しして親戚の叔父さんが亡くなられたと電話が入り、別れて私は国近で買い物して十一時過ぎに青海屋に帰る。
二月十五日　浦より電話、甘い声で優しい。
二月十六日、十七日　しんどくて起きられない、死にたい、生きるのが辛い。
十九日　母の四十日祭　二十一日　十八時四十一分、浦より電話。
三月一日　母の五十日祭を一人でする。十二時四十二分、浦より電話。
三月五日　聖地で母の五十日祭・合祀祭。
朝六時八分の何時もの新幹線で熱海に行く。木曜日はＭＯＡ美術館休館の為にバスが無いので「母さん、昔は歩いて上がっていたよね」と母さんに声掛けながらコートを脱いで上がるが汗だく。急ぎお参りをして中越《なかごえ》さんとの待ち合わせ十時十五分にぎりぎりに行くが彼が来たのは十一時半頃だった。結局食事に出てる時間が無いので、御浄霊を頂き一緒にお弁当を食べながら、いろいろ老人ホームの事等も話すが「他人を頼るんじゃなくて、思った人が始めれば良い」と言われてしまう。四月の平安郷の観桜会にイスラエルの人を招待するとかで資料とテープをくれた。
遅くなり、御神前に十二時半には行くつもりが四十五分近かったので、玉串奉奠をしたかったのに許されなかった。姉にも「あんたにして欲しかった！」と言われ申し訳ない。自分の気の緩みで仕方ないとはいえ、母だけの事を思わず、こんな日に約束した自分が悪かったのだと後悔する。中越さんとは不思議な縁で、最初にお見合いをして断り、他の人からも薦められたり、その後、何度も偶然な出会いがあり、彼が十三教会の担当で来た時には、これは運命か？と感じた人だ。

三月八日　十二時三十四分、浦より電話。九日　十八時五十三分、浦より電話。

十日　中原先生のテープ、終末ケアの話。川野さん、留《とめ》さんと祖霊向上の話、知人が離婚で悩み眠れない日が続き、睡眠薬を飲むか飲まないか位までになり、鬱の様な状態になったと打ち明けてくれた。御先祖様の重要性を話す。

三月十六日　二十時前、浦より電話、協力者も出てきているし、自分で事業をするかもしれない事を話す。「失敗したら大変だろう？」と言うが「でも乙梨恵は特別、不思議な人だから分からないな！　俺はただの人だから、乙梨恵は益々離れて行くな」という。

中西さんに最近の北海道や養老院、介護ＮＰＯの報告や不思議な話をする。そんな中で「神様は、お金も頭も何も無い私にとんでもない発想をさせて如何しろと云われるのか？と思ったりする。でも思わされた事は、神様が『しろ！』と云われる事。それなら何処へでも行くしさせて頂く」と言うと「最近はもう仕事を探せとか言わない、あんたは神様の御用がある人だから、きっとする必要が無いのだと思う、しなくても良い様に神様がして下さるのだと思う」と私が感じていた事を言ってくれ、安心し嬉しかった。「道だけ付けるのかもしれないし？」と、そうだ私は道を付ける導案内の役があるのだと思った。そうか、道だけ付けて後は誰かがするのかもしれないな？　それなら納得がいく。

三月二十一日　元出雲大社。違う事で電話し、この神社の話になり急遽誘われ田山君と御神体・国常立尊の祀られている元出雲大社へ。探してようやく五時頃に着けた。

三月二十三日　朝の夢。全て神様がされているのだから、やらされる通りにしていたら大丈夫なのだという夢を見た。我《が》を出さずに自然に任せ、動かされるままに動く、何の心配もせず足の向くまま気の向くままが神様の御心！

ボランティア・介護

ハイウェイバスで東《あずま》先生の「椿の郷」へ。社会福祉法人を作って個人でデイサービス、グループホーム等を出来るものか？　質問等いろいろ相談に乗って下さる。

四月二日　とても淋しくて、また生きたくない御先祖様が現れて苦しい。十二時四十四分、浦より電話で私、珍しく落ち込んでいると弱音を吐いてしまう。一人だからしっかりしなきゃ！と言われる。私は一人ぼっち……久し振りにどう生きれば良いのか？　淋しくて不安で生きる事の辛い私が、何故他人を救える？　八日　夜、浦より電話。

四月十二日　二十時四十三分、浦より電話で仕事はまだか？　聞かれる。

四月十九日　サンダーバードで鯖江に行く。

四月二十三日　十二時五十三分、浦より電話。仕事が終わり今から千畳敷に行くと……一緒に連れて行ってと言う。
四月二十九日　二十時五十七分、浦より電話。
五月二日　小松さんと今井さんの息子さんの車で平安郷から「蟹家」へ食事に行く。
五月九日　桜さんから「ついにその時は来た」「世界大転換時マイトレーヤが出現」の講演が尼崎で開催されるから、代わりに行ってほしいと連絡が入る。
五月十六日　マイトレーヤの講演を一人で聴きに行く。地球の事をこんなに真剣に考えている人達がいる事に感激！「分かち合って世界を救いなさい」に感動！
以前に青海湖で浦と見た、大きな満月の全く同じ写真がＵＦＯとしてあった。あれはＵＦＯだからあっという間に山の後ろに消えたのか。
五月十九日　田山君と錦の宮へ。
五月二十一日　また苦しくて淋しく生きるのが辛い。

神の手

六月十四日　十日から介護施設で働きだして、二人介助の井口さんをベッドから車椅子に移乗の時、足を持ってと言われるが自分の足の置き場も分からず、まさかベッドに足を乗せるとは思わず神様……と頼みながら私はどうなっても井口さんに怪我はさせられない。身体は斜めになり、このままだと完全に私は引っくり返るのが分かりながら、何とか車椅子に乗せる事が出来たがもう駄目だ。私の後ろにはテーブルがあり方向的に角で頭を打つかもしれないと思った次の瞬間、誰かに腕を摑まれた様に感じ、身体が宙に浮きスローモーションになりどてっと転んだ。実際にそんな人は居なく痛かったけど大した事はなく、思いっ切り打ったはずのお尻も傷も何も無かった。ただ右腕にくっきりと三本の指の痕が赤く残っていたのが、痣のように数日消えなかった。「神の手」としか思えない。大きな代償だったが井口さんの笑ったのを誰も見た事がないという井口さんが大笑いして「ゴメンネ！　私の為にごめんね」と言ってくれたのが何より嬉しかった！

八月九日　Tサポ退社。

初盆

八月十二日　母の初盆・典《のり》ちゃんと新大阪で待ち合わせて山口へ。幸が迎えに来てくれて三人で萩に行き、今日泊まる山村別館へ。岩岡姉他九名、武田六人、浜本九人、大人十七人、子供八人、計二十五人の大所帯。家族で五部屋に別れて泊まる。私と寿江姉、典ちゃんが一緒の部屋で、後で姉さん達も来て明日の打ち合わせをするが、喧しく、なかなか纏まらない。

八月十三日　雨、晴れの不思議な天気、母さんが印象付けてるようだ。法泉寺で十時半から法要、雨も上がり良い天気になりお墓参り。お昼をお寺でさせて頂き、姉妹で家の片付けに帰りアルバムをホテルに持って行く。典ちゃんは「私はお母さんの子供じゃないから写真が無い」なんて拗ねていて、私が持って帰ろうとした父母の写真の中に典ちゃんが沢山写っていたので「典ちゃんは間違いなくお母さんの子供で、お母さんはお祖母ちゃんを看て忙しかったから、その代わりに私がお母さんから頼まれて良く田舎に連れて行ってあげたのよ、愛されていたんだから」と小アルバムを三冊プレゼント。何処に連れて行っても私が母親だと勘違いされたりしたので、私が本当の親ではないかと思ったりしていた様。遅くまで写真で盛り上がる。優《ゆう》ちゃんが私の写真を記念に欲しいお守りに持っておく。落ち込んだ時に笑って元気をもらうと、笑花《えみか》を抱っこした写真はあるのに何故、優は抱っこしてないのか？と聞かれる。私が失業中で泊りに行った時「ニート、ニート」と私をからかったり人を傷つける事を平気で言ったりしていたので、馬鹿にされ嫌われているのかな？と悲しく思っていたので嬉しかった。

八月十四日　九時前にチェックアウトして、川沿いを歩いて萩焼きの瑞峰窯に行く。情緒があって素敵だな。今井の小母さんの法要でお墓参りをしてあげる。

長門に桜さんが迎えに来てくれて、桜さんのお家で茄子の芥子漬け八キロも漬けるお手伝い。弟さんの手巻き寿司等を頂き人丸の花火を見に行く。打ち上げのすぐ側で音楽やレーザー光線、火のパフォーマンスも良かった。規模は小さいが最高だった。神様から素敵なプレゼントを頂いた様な気がした。浦から仕事が終わって逢いたいと朝から三度も電話して来たが、桜さん宅に泊めて頂くので待てない。逢えなく残念！
八月十五日　雨、桜さんの家族と話をしている時、昔母がお参りしていた、私も連れて来られた記憶のある沢江の観音様が気になり、雨が上がったら行こうかと話すと足元が悪くて行けないとおばさんに言われたが、雨も上がり桜さんが「行く？」と聞いてくれたのでスニーカーを借りて参拝する事にした。車で行く途中、山から水が道に流れていて無理かな？とも思うが行ってみる。最近は殆ど人が行かないので蜘蛛の巣を払いながらで往復一時間位は掛かると聞いていたが、招かれ導かれる様に軽く先にスイスイ二十分位で登れ、とても清々しい。外からお祈りしていると桜さんが登って来て、親戚が管理されているので、お堂の扉を開けて中に入れてくれお参り出来る。観音様がニコニコ笑顔で迎えて下さる。母さんが御礼を言いたいように思えた。昔、母さんを明主様に結び付けて下さったのではないかと思え、母の帰幽の報告と御礼、これからの事を祈願する。お迎えに来たのかもしれない。母の初盆にお参り出来たのも不思議で何かの縁？　幸の所に泊まっていたら在り得ない事で、全て必然的に神様がされた事だと思える。後ろの岩の御神体は木で見えにくかったが沢山の石仏に線香をあげて拝む。登る途中十二時四十八分、浦ちゃんより電話「気をつけて帰れよ」と、帰り桜さんの納骨堂にもお参りし帰って急ぎ昼食して長門に送ってもらう。懐かしい母さんの味のする茄子の芥子漬けを頂いて、お土産を買って三時の電車で帰る予定が、仙崎のペンション青海島を見に行く事にする。桜さんは青海湖の側のホテルと勘違いをしていた。ピンクでとても可愛いフランスの何処かをイメージして創られたらしい。売りに出されていると聞いたから誰も居ないと思ってたら、おじさんが出て来られ思わず何故？「えっ？　今もやっているのか？」思わず口にして怒られてしまい「また泊まりに来ます」と言って帰る。桜さんは一生懸命ご機嫌をとり、私は時間が無いので焦る。気になって居た事が一つ解決。お導きで、いろんな事が思ってもいない方向に動かされて不思議。四時十二分の美祢線で仙崎に行ってUターン、厚狭から新幹線に乗って九時頃帰宅。

そういえば小学高学年の頃、初めてのお遣いではないが、まだ汽車に一人で乗った事が無かった頃、母に萩に行くように言われて行った帰り、山陰線で萩から乗れば真っ直ぐに人丸に帰れると思っていた。所が乗った汽車は長門駅で美祢線に切り替わる、そんな事は知らないし、たまま長門に着く前に隣に座ったお爺さんが、目が悪いようでボソボソと「仙崎に行くにはどうしたら良い？」と呟いている。私は全く知らないのに、それが気になってどうしたら良いんだろうとその事ばかり考え、その頃は聞く勇気もなくてアナウンスも耳に入らない。ただお爺さんがどうすれば良いかばかり考えてお爺さんの側に座ったまま、気が付けば聞いた事もない駅名がアナウンスされ、泣きそうになる私に気付いた前の席に座っていたおばさんが「どうしたの？　何処に行くの？」と聞いてくれ、泣きながら「人丸、お爺さんが仙崎に行くって」、おばさん「お爺さんと一緒じゃないの？」に泣きながら首を振る。おばさんは次の駅で降りなさいと言われるが、それでも「おじいさんが」と泣いている。お爺さんと一緒に降り、駅員さんに保護され、家に連絡され叔母が迎えに来てくれるのを待つ。自分の事も満足に出来ないのに呆れる馬鹿でした。仙崎から美袮線に乗り、懐かしく笑える想い出に一人ほくそ笑む。
八月十七日　ゴーヤに花が咲いて嬉しい。花だけでも楽しませてくれてありがとう！

ボランティア

椿の郷の東先生に、今月中に三、四日ボランティアをさせて頂けたらとメールする。
八月十八日　東先生、早速予定を知らせて下さる。「宿泊も旅行気分で施設の和室に泊まって、月曜日以外なら、よかたん温泉に入浴できるし、晩はゆっくり飲みましょう、お待ちしています」と言って頂け、二十一日〜二十三日でお願いするが、夕方電話で二十八日〜三十日の方がいろんな体験が出来ると配慮して下さり変更になる。
八月二十五日　新宮《しんぐう》さんから浅尾《あさお》さんが三十一日に引越しするとメール頂く。ここの所、気になっていたので、一度会いに行きたいと思っていた。
八月二十八日　東先生の、椿の郷にボランティアに花束とミニ花九個、焼酎、黄金烏賊を伸ばしたおつまみ等の土産と荷物を持って、大阪発九時三十分の高速バスで十時四十分くらいに着くと連絡するが少し過ぎてしまった。すでにミニパトカーで迎えに来て下さっていた。地域のパトロール等を警察から頼まれてミニパトカーに乗っておられると。先生、午後は家庭サービスで神戸にステーキの予定があるからお忙しい。椿の郷に送って下さり私は着替えて十一時過ぎからデイサービスで、まず花瓶を借りて花を活けお昼の準備のお手伝い。ゆっくり一時間休憩、午後はパターでボール入れや輪投げのお手伝い、送迎にも連れて行って頂き楽しく出来た。五時頃掃除のお手伝いをしていたら東先生が来られ、これから一緒に出かけるからとグリーンのオープンカーでドライブして居酒屋へ。先生がぐれてた頃の話、Y組の関りのある人や警察との関わり、デパートに勤務し精神的に病気になり彼にも逃げられた人を世話された話、働いている人の娘やサイトの支払いで困った職員を助けられた話、マオカラーのスーツの話等、後で藤《ふじ》さんを呼ばれ消防署の人も同席、皆で飲みながら冗談で身体を磨いておくようにとか女の楽しみを知らないとか下ネタ、セクハラ?でも気さくで面白かった。八時半頃、椿の郷に送って頂き一人でよかたん温泉にぼぉっと浸かり施設に帰って和室で寝るが遺体安置所の話が気になり、なかなか寝付かれず朝までウトウト。

八月二十九日　六時過ぎに起きて掃除等もして、外のデイサービスの人の来るのを準備して待つ。谷下《たにした》さんと心《みゆ》ちゃんの車でミニ花を持って行く。春に行った時のミニ花を覚えていて頂いて私が同一人物と分かり大変喜んで下さる。六人と話が盛り上がり利用者さんに紹介して下さり、塗り絵やビーチボールを使ったゲームで盛り上がる。紙芝居も来て実際に戦時中にあった可哀そうな象さんの話に涙。河井《かわい》さんに送迎に連れて行って頂いた時、主事、相談員は介護福祉員の資格が無くても幅広い勉強はあるが通信教育等で出来る等の話を聞かせて下さる。今日のミーティング、掃除も一緒にさせて頂き六時からのバーベキューの準備の為、一足先に送って頂いた。六時からバーベキュー研修に参加、八－二の席、知らない人ばかりだが楽しく出来た。くじ引きも一等賞の五千円の商品券が当たった。男運、くじ運の無い私が人生変わるかも？　すぐにまた私の番号が当たる、私が「さっき当たりましたよ」と言うと「当選券を間違って持っていた」と爆笑、八百長で当てて下さったのかも？　河井さんが焼酎を勧めてくれ楽しく、「終わったらデイの施設で泊まるから二次会にも来ない？」と誘って下さり九時前に終わり、心ちゃんや先生も一緒に待っていて河井さん感激して喜んでくれ、最初は良かったが酔った勢いもあり十一時頃から？雲行きが怪しくなり、どこでもある事で人事の事等で口論がはじまる。二十一時二十一分、浦から電話があったが気付かず残念。

八月三十日　少し落ち着き日も替わり真夜中一時過ぎにお風呂を借り帰ろうと思ったが、郷に鍵が掛かっているといわれ二時頃先にソファーで休ませて頂く。五時前にドアを開けてと起される。二日酔いで気分が悪く六時半頃まで寝かせてもらい郷に帰って今日帰る準備。先生も悪酔いされ二日酔い？　昨夜の口論を気にされている様子。

ミニパトで南水上の公民館。先生がお年寄りに福祉の講義をされるのに鞄持ち、役に立つからとお連れ下さりお供して、葬儀の話等、為になる話、知らなかったら損をする話等、面白おかしく話され勉強になる。皆さん身を乗り出して聞いておられた。

講演が終わり、荷物を取りに帰り皆さんに挨拶して、またミニパトでレトロな有名らしいラーメン屋さんで、ラーメンを食べるのにも美味しい食べ方があると教えて頂きながら食べて納得。

一時前に新三田駅まで送って下さる。女の人を移動させたり昇給すると、先生と出来てるからとか言われたりするが（何処でもよくある話）社員には手を出さないと言われる（他でも駄目ですよ）。私が前に働いていた所の利用者さんのお婆さんに気に入られ「娘にならないか？　なって欲しい！」と言われている事も少し話すが、当然良くない時も来ると。宝塚経由で三時頃に帰る。一挙に疲れが出て頭が痛いし気分が悪い。ヘルパーさんの中には先生の事を嫌な男という人もあったが、なかなか面白く人間味があり好きなタイプだな、やんちゃな男に縁がある。

先生は得度され高齢者や困った人の事を真剣に考えられ素晴らしい方だと思います。

八月三十一日　昨日のお酒がまだ少し残っているのか？　しんどいが十一時前に浅尾さん宅へ、顔を見て見送るだけのつもりが掃除の手伝いをして、一時前に沖谷さんと二人で見送り、沖谷さんをタクシーに乗せてから帰る。

九月二日　変な夢、大きな荷物を二つ持って行く途中、電車を乗り間違えたのか？　降りたらドアが閉まった。一駅荷物と離れ重要書類や現金が入っていたので手元に戻り安堵する。駅員が行き方等を親切に調べてくれていた時、姉が来てくれた。いつものキャリーバッグの荷物の軽いのに気付き開けると、現金は別のバッグにあったが大切な書類や通帳が無い。下ろされる事は無いと思ってすぐに手続きをしなかった、少しの時間三十分位置いて調べたら、全て下ろされショックを受けていた所で目が覚めた。実際でなくて夢で済ませて頂き感謝！　それで思った、焦って仕事を探しても僅か一日の収入の為に、その間に多くの損に合えば何にもならない。全て神様に委ねて神様の御心のままに我を出さずに生きなければ意味が無いと思えた。
九月五日　新しい墓地に松家、中島家、末永家のお墓の建立が許されるように、母の納骨が無事許されるように祈る。
九月六日　介護関係の勉強をやり直して主事、相談員の資格が取りたいと思う。
九月七日　九頭龍・麻耶姫・ＵＦＯ・介護施設の話をする。介護施設は何も無い普通の人がするのは難しい。東京に引越しても良いのでは？と言われる。
九月八日、九日　しんどくて何もする気になれない。母さんの夢、元気で明るい母さんと何処かに旅行するのか？　行く約束で母さんが椅子に座って待っている。そこに行くまで中西さんと旅行？　田舎の様な所でイベント、大きな吊橋を渡っていると大きな鯨が橋の下を通り潮を吹いて見事、もう一度見たいと思うと、さらに大きな鯨がダイナミックな泳ぎで潮を吹き、中西さんは前の方に、他にも誰か居た。寿江姉さん？　面白い夢。

介護関連

九月十三日　介護学校の時の後田《こうだ》先生とメンバー五人と、高島屋で待ち合わせ難波の米印、島根の店へ十一時、海鮮丼など食し、お茶して喋る。Ｓさんはガイドヘルパーや訪問介護を頑張っている。北海道へ二泊で四万円も稼いだらしい。凄い。

九月十八日　神様に使われていると思い、力も何も無いのに自分が正しいと思って他人を攻め非難する自分の傲慢さを詫びた。歳も取り何も無い私を誰が雇うというのだ。過去の栄光に自惚れていた、結婚も出来ずどうして生きれば良いのか？

九月二十八日　Tサポが厚生年金を支払っていないかも？で、十一時過ぎに社会保険事務所に調べに行く。以前働いた所も数社調べ無かった所もあるが給与明細が無いので調べようがない。Tサポは給与天引きしながら、やはり支払われて無かった。詐欺。離職票が取れれば国民年金の全額免除も出来ると教えてくれる。一時半頃まで掛かり自分で会社に話すと言って帰る。その足で万里の郷へ、由《よし》さんが居ないので明日再度行く事にした。二十一時二十七分、浦より電話、またディズニーランドに行ったと、仕事とはいえ良いな。

九月二十九日　二時～三時頃、万里の郷の由さんを訪ねる。この会社に不振を抱き信用出来なくなったと言うと、自分達も一生懸命にしているのだから、そんな言い方をするものではないと。何故先に会社に言ってくれなかったかと謝りもせず、まるで私が悪い様に上手く開き直り、どうして欲しいのか？と。私のは伸《しん》さん担当の雇用保険しか引いてないと思ってたし私が辞めると言ったので手続きをしなかったと。職責手当ては機械がおかしくなっていて、なるべく消したけど私のはたまたま消し忘れミスのままだったと。由さんが介護をしながら事務をするので、それは可笑しな事で事務専門の人がすれば良いのだが、というような事も言っていたし、私が気付かなければ残業四十三時間の件もそのまま？残業が付くと言われたのか確認したのか？と逆切れで開き直り、最低！　Ｉ君は良くやってくれるので一ヶ月で職員にしたと。自分で言うのもおかしいが私はかなり一生懸命にしてたので、いろんな人から認められ良い人が来た、辞めないでと言われてた。まだまだ悪が蔓延する世の中。威圧され汗だくになった。

十月四日　準子《じゅんこ》さんに私は華やかなものを持っているので前面に出て活躍すべきで裏方は似合わない、介護も似合わないし今はまだ早いと。早川さんの姪さんが話を聞かれ一緒にさせてほしいと。介護、人が集まって来ている、後は場所とお金。

十月八日　万里の郷が厚生年金の返金をしてないので再度、社会保険事務所へ。Ｔサポの名前が無いようで、加入してない様だ。もう一度自分で言うように言われる。事件が起きないと、証拠が無いと動けないと。

十月九日　Ｏ先生に相談、そんな所は訴えるべきだと言われ急ぎ労働基準監督署に行き報告したが管轄違いで、しかも紛争が起きないと動けないので自分で言うように言われた。精神的な苦痛も訴えられると。しかし同じ監督署でも部署は別らしい。

十月十一日　今井恒子さんの一周忌、田舎の健ちゃんとの結婚の話を皆にされる。

十月十二日　夕方、万里の郷に意義申し立ての文書を書いて原《はら》さんに預ける。

十月十三日　今日よりネオ、アポの会社で勤務。凄く怒鳴ったり人を騙すみたいで良くないな。アポが取れたけど自分は騙しているつもりは無くても早く辞めるべきか。

十月二十一日　昔勤めていた職場に行き、若くなって幸福そうに見えると言われたが、「あんたは自分からしんどい所、しんどい所に行くんやね、運命かね？」と言われる。
十月三十日　万里の郷より手紙が届くが、相変わらず六月の残業が付いて無いし、厚生年金の計算もおかしい。どこまでいい加減か、どうしてくれるのかの返事も無い。
十一月十七日　浦より電話。二十三日。茶遊会、着物を着てお手伝い。
十一月二十五日　寿江姉さん痛みが酷く、癌の痛みでは無い気がする。御先祖様からの訴えかもと。

帰省

十二月十三日、十七日。浦より電話で十九日の約束をする。青海屋に電話するが予約が一杯で幸に探してもらおうと思ったが、何か意味のある事と思い行き当たりばったりにする。全ての原因が自分にあるのか？と悲しく思う。
十二月十八日　今日一日と思い頑張る。
十二月十九日　六時三十六分の電車で新下関十時八分着、梅ちゃんが迎えに来てくれる。毛利邸に行くが寒かった。温かい季節なら良かったかな。途中二見の辺りで梅ちゃんが手作りの巻き寿司を作ってくれて頂く。いつも料理が上手で有り難い。梅ちゃんの実家等のお墓参りをして長門にドライブ。吉田石材を探しに行ってくれ説明を聞くが思ったより高額で他を探す事にする。

三時半頃、朝日屋旅館に着きベルを鳴らすが誰も出ず、旅館の周りを見て玄関で本を読みながら待つ。四時過ぎか小母さんが気付かれ二階の部屋へ案内してもらう、桜さんの友達というと少しまけてくれるという。

六時九分、浦の運転するバスに乗る。板持方面～長門～大泊、今日は二人のお客様が乗って来られた。大泊で七時過ぎまで少しゆっくり居て、浦失態。今迄の鬱憤が全部出たと。お母さんやお祖母ちゃんの話をして七時半に朝日屋に送ってもらう。

十二月二十日　桜さんと石材屋さんに行って、仙崎から新しい萩へ通じる高速をドライブ。十一時過ぎにヤス子姉から長門に着いたと電話があったので桜さんに断り、長門に向ってもらう。その後人丸で姉を待ち四人でお墓参りして、空家の実家に寄り、恵毘須神社にお参りし帝國石材へ、専務が居ないので明日出直す事にして山村別館に三時半頃着ける。お風呂に入ってゆっくりする。

十二月二十一日　母の一周忌、四人でひっそり終わり家に寄ってから、評判を聞いていた海の見える古民家の情緒ある〝早々〟で食事する。親戚で同級生のみずえさんが居てビックリ！と思ったら子供の頃の仲良しのお姉さん中尾さんがしていると、これまたビックリ！　逢えて嬉しく懐かしかった。料理が得意だったとは知らず安くてとても美味しく景色も最高！　遠く広島からも噂を聞いて来られるとか。N君の家を中尾さんのお兄さんが買われ、そこを借りて〝早々〟を始めたとか。そこで〝たぬき庵〟の話を聞き行ってみるが辺鄙で分かりにくい山奥。趣味でされてる面白い器等があった。そこから帝國石材へ行くが社長は熱があり来られないので代理の人と話す。墓の移動で四十万円位掛かるし墓石が傷つくかもしれないのでと言われ、創る事に決まる。池永の墓は帝國石材の持っている墓地に無縁さんを祭った所があるので四十万円位で祭れると。どうするか悩むが宮田さんの紹介で良い様にして下さると。そんな時、ネオの宮本より電話で私の数字が上がってないので稟議書と言われ、もう結構ですと言い首。良かった。四時に乗れそうなので急ぎ青海屋へ挨拶に行くが誰もおられないのでメモして、十六時十二分の美祢線で姉と帰る。青海屋の奥さんがわざわざ電話下さり御礼を言う。

十二月二十三日　御生誕祭

十二月二十六日　丁度東京に行きたいと思っていた時、気の強い寿江姉が珍しく弱気で「介護しに来て！」と頼んできたので、二十一時五十分発の夜行バスで行く。

十二月二十七日　新宿に朝着いて、姉さん家に行く。

十二月二十八日　姉さんが痛い痛いで、私もしんどかったが五時前に起きて御浄霊、私は風邪で身体がぼぉっとして休みたいけど、早くしないと機嫌が悪くなるので蕎麦掻きをして喜んではくれたが御先祖様にお供えしていないのが分かると「とろくて何してんの」とか言いたい放題、愚痴られ不愉快だが我慢。母さん以上に人使いが荒い。

十二月二十九日　しんどいのに人使いが荒くて嫌になる。我慢だが帰りたい。来るんじゃなかった、帰るべきだったと思う。小言を言いながらもお華を活け替えたり元気。夜少し痛みが来たようだ。私は鼻水に涙グスグスでしんどい。

十二月三十日　お布団が重いと言うので朝、娘の典ちゃんと軽い羽毛布団等の買い物に行く。午後、姪の小矢佳《さやか》が来て姉も大分話せる。小矢佳が帰ってすぐに「一度しかない人生、自分の出来る事から私に与えられた使命を頑張ります」とメールをくれ嬉しく驚く。感謝！　帰らずに居て良かった！　絹姉さんから、ゆず味噌等の荷が届く。

十二月三十一日　今日は典ちゃんも仕事で、昌高《まさたか》と買い物や何やかやこき使われる。料理の苦手な私が一生懸命してるのに「あんたは人の三倍時間が掛かる」等と好き放題の事を言われ我慢も限界を我慢する。昌高がお風呂に何時頃入るのかを聞きに来て、「先に入れば」と言うと誰かの後でないと寒いからと言ってベッドに行ったので、昌高と「今入りたいという事だね」と話し、昌高が先に入ってくれる。優しい息子、時期でも無いのに夜中に姉が急に横で寝てくれている息子に、「桃が食べたい」と言ったら黙って探しに行ったけど何処にも無くて、仕方なく缶詰の桃を買って来たと。何処まで優しい息子。姉さんをお風呂に入れて、文句を言われながら頭を洗ってあげたりした。

お嫁さんは市販のナプキンでは荒れたりするので布で手作りしてくれるし、出来た人だね！　感心した！　姉さんはお姫様だね、恵まれ幸せな人だ！　前世、徳のある高貴な人だったのかもしれない。亡くなった時の姿がそう思えた。

入浴してスッキリ、以前の元気な姉さんの様だ。寝てた筈の姉さんが、すぅっと台所に来て

「お願いがある」と珍しく殊勝、昌高とビックリ！　典ちゃんは十一時前に帰る。二、三日で帰るつもりが、０時参拝して帰れば良いと言っておきながらこき使われた。

母も亡くなり、その後、浦には平凡な生活を大切にしてもらう為にも、昔の様にきつい事を言って最後に「私は必ず本を出すから、その為にも、もう電話もしてこないで！」で疎遠になった。

実は、このお話は輪廻転生の物語だったのです。千年の昔でしょうか？　海底深く、門の前に立っている一人の女性がいます。そこに出迎えるように一匹の鯛が泳いで来ました。ご主人様に敬礼でもする様に、門の鯛の形をした穴にはまり込んで案内します。女は門を潜り中に入って行きます。懐かしい竜宮……乙姫だったのです。

その昔、ここに住んでいた頃、夫の素戔嗚尊は好きな女を作り、城に寄り付かず、ここはまるで男子禁制の駆け込み寺の様な女の城になっていて、乙姫は淋しく過ごしていました。そんな時に、浦島太郎が命を助けた亀に連れられて竜宮城に来たのです。太郎と乙姫は一瞬で恋に落ちてしまいました。時の経つのも忘れ、どの位経ったのでしょうか？　後ろ髪を引かれる様に……別れがやって来たのです。

時は流れ、輪廻転生を繰り返し、二人は再び、この世で巡り逢えたのです。

乙梨恵は川尻に生を受け、浦は裏の島に……そして月日は流れ二人は巡り逢えたのです。知る由もなく……しかし色んな偶然に乙梨恵は気付いたのです。

「人を愛する程、苦しいことは、恐らくこの世には無いだろう。人を愛し苦しむのなら、始めから愛さねばいい。だが、そういう訳にはいかない。人間は人を愛し、苦しんで、成長していくのだ。私も今、人を愛して成長しつつある」なんて生意気なことを書いてみた（これは浦を愛し始めた頃に書いていた）。愛にもいろいろある。

いつか、あなたと二人で、夜空の銀河を見つめてみたい　遠く、愛の終わる日まで

そして今、一人で苦しんでいるあなた、あなたは決して一人ではありません。あなたを、そっと見守って、愛してくれている人が、側に必ず一人は居ます……。

第五章　恋多き女……日記より

昭和五十年二月一日　今日は入試で学校は休み。林さんと雄二と奥さんと四人で島根までドライブ。行く途中浦に逢った。浦はこちらを見ていて泣きたいほど悲しい気持ち。乙梨恵がこんなに悲しく思っているのに浦は何とも無いのか？　林より帰りにパチンコで勝ったチョコレートをもらう。パチンコの上手さに乙梨恵負けそう。林の初恋の悲恋話を聞いた時、浦の事が思えてならなかった。愛する人を忘れる為に好きでもない人に誘われ、行く途中で車より降りて帰りたい気持ちになった。レコードもくれるつもりだったらしいけど断った。良い人なんだけど、でもまぁ楽しかった。これからも時々合う事になりそうだけど、これで良いのかな？　好きな人を忘れる方法を聞こうと思いついに聞けず。

二月二日　林からもらったチョコレートを食べ、美味しかったが浦からでなくて残念。

二月三日　今日は福君《ふく》と良く逢えた、彼気づいてる様子。夕方林より電話があり、父がお酒を飲んで電話に出たので、さぁ大変、しつこく名前等を聞いていたので怒って受話器を取りあげ話した。この前、傘を忘れたので明日持って来てくれるという。あまり話も出来ないが彼と話すと楽しく、とても良い人なのだ。

二月四日　今朝、林が仕事に行く途中、早めに出て傘を持って来てくれ、丁度雨が降っていたので助かった。今日も福君と良く逢え何度か目が合いとても幸福！　もうすぐ母が帰って来るのが待ち遠しいな。浦とも逢いたいな！

二月十三日　久し振りに日記をつける。七日よりの卒業認定試験も今日が最終日で成績も上々だし、ようやく安心出来た。それは良いとして林から電話があるはずで、十時頃まで待っていたのだが音沙汰なし。どうしたんだろう？　変な気持ち。まさか林の事を好きになっちゃったんじゃ？　いいえ違います。電話の事を思う度に浦の事が思えてならないんですもの。誰が側に居てくれても浦の事を忘れる事は出来ないんです。何故って、今でも浦を愛しているから！　愛は盲目（ＬＯＶＥ　ＩＳ　ＢＲＡＩＮＤ）。その諺に魂を奪われた私なのです。愛が、彼が私を苦しめるのです。愛に酔いしれて死んでいく私なのでしょうか？　奥様がいらっしゃる彼を何時までも愛し続けるなんてどうかしている乙梨恵です。涙の出る程、悲しい出来事なのです。女って、女って何故こんなに悲しいのでしょう。女に生まれてこんなに苦しい事はない。何故この世には男と女しか存在しないのでしょうか？　こんなに浦を愛しながらも、心の片隅では他の男の事を考えて、何か矛盾しているのです。後数回しかデートが出来ないのかと思うと、とても淋しい気もするのです。女という不思議な動物なのです、この私は……。

二月十四日　今日から家庭学習に入ったのだが実践の為に学校へ。一日中実践、それも大部分は他人のお手伝いをしてあげ大変疲れた。梅、恵、田村君の為に働き、福君の為にも大いにハッスルして福君達の青海商店の株を探してあげたり、接する機会も大いに有り大変付いてた一日でした。バレンタインだというのに誰にもチョコレートもあげず、何てつまんない女なのでしょう。今日ちょっぴり感じたの！　宅君の事、好きなのかも？　いつも朝汽車に乗る時、彼を意識しちゃうの。何故か分かんない、浦の弟として？　それとも一人の男として？　宅君と文通でもしたいな！だって大阪に出て淋しいもん！　宅君も乙梨恵の事、満更でもなさそうだし、だって今日梅から聞いたの、関係ないかも知れないけど、乙梨恵が何時行くのか？　聞いてたんだって、ちょっぴり嬉しい女心。でも浦の弟という事で無理かな？　林からの電話も無い、どうしたのかな？　他にいい女でも出来たのかな？　それとも何か事故でも……今朝見た交通事故の夢が気になるけど、まさかそんな事無いわ。もうこのまま逢えない様な気もするけど、林にとっても乙梨恵にとっても、その方が良いのかも？　今一番愛してるのは誰だろう？　勿論浦！でも浦には奥様が……他に誰を思っているのか？分からない。いえ本当に愛している男は浦以外には居ないのかも、いい加減と言われるかもしれないけど、仕方が無いの。男と女ってそういうものなのだわ。きっとそうよ！「愛は盲目」よ。矛盾してるかもしれないけど、これが女心よ！

二月十五日　変な一日だった。整容講座で学校へ、楽しかったが六時過ぎに変な電話、林かと思えば何と理《おさむ》から、チェリーとかいう人が乙梨恵と付き合いたいとかで今すぐ逢いたいという。波止場で二十分近くも待ったが来ない、もう一度七時過ぎに行っても居ないし電話しても誰も出ない。からかっているのか？　家に帰るとその間二度も電話があったらしい。その後八時半頃また理よりの電話で今からではもう無理か?という。仕方なく波止場まで出た。わざわざ電話する為に人丸まで行ったそうだ。車に乗りチェリーの写真を見る、悪くは無いが浦の事が忘れられず断ろうとしたら、ここではという事で観音島の辺りまで行き、そこでチェリーと付き合う事を言われ、もしチェリーが嫌なら俺と付き合ってほしいと言われた。乙梨恵は自分の事を貶し他の女と比較してみたが、中学の時からずっと好きだったとか? でも何処まで本当か?相当長く言い合ったのだが全く駄目で「もし何なら返事が出来る様にしてもいい」なんて言い、ついに泣きたい気持ち……突然抱きしめ口付けを……座席を倒し上に乗る事の速い事、もう駄目力が抜けていく。浦貴男さえいたら、乙梨恵はどうしたら……全てを奪われかけた。いくら止めようとしても無駄、抵抗すればするほど……彼の手がGパンまで、三十分位だろうか? 闘った。彼の力にどうする事も出来ず何度も唇を奪われ、彼の愛撫にどうする事も出来ない。もう二度と林には逢えない、浦とも、いえ浦には逢って全てを打ち明けたい。今の乙梨恵がどうしたら良いのか? 男の恐さを知った様な気がする。今度電話があったらどうしよう、もう二度とあんな事は嫌! 初めて、初めてだものとてもとても恐かった。浦、貴男に逢いたい。このままじゃもう死んでしまいたい。もう嫌、全てが嫌になって来た。乙梨恵を奪い合う男が憎い。何故こんな乙梨恵を思ってくれるの? 男って馬鹿よ! 大馬鹿よ! あぁもう嫌、嫌、ただ浦に逢いたい、それだけなのに……。

二月十七日　昨日はテーブルマナーで小倉に行き、疲れたので今日は九時まで寝てて、昼過ぎ敦子に電話して来てもらい相談に乗ってもらった。勿論、林と理の事。どうして良いのか分からない。林とは止めるべきではないだろうか？　理との間にああいう事があり、なお続ける事は悪い気もするしとても辛い。こんな時、浦に逢えたら心も決まるだろうけど。敦子は理とは付き合わない方がいいなんて言うけど、乙梨恵はちょっぴりそうする事が淋しい様な気もするの、何故かしら？　女の気持ちって変なのね、あの時あの男に抱かれた時、一瞬乙梨恵も理を思い抱かれる事の喜びの様なものを感じていたのかもしれない。今日も林、理からの電話を待っている。もう全てが分からない、どうすればいいの？

二月十八日　今、計算実務の卒業論文を書き上げホッとしているが、もう卒業なんて淋しい。薔薇屋より入社式が四月十七日になった旨の通知を受けた。僅か一週間位早くなった事でこんなに淋しさを感じるなんて。本当は大阪へなんか行きたくはない。出来るものなら父母の元、田舎でずっと暮らしたい。これで完全に浦とも逢えなくなる。今日も林からも理からも何の連絡も無い。理の気持ち、いい加減だったのかな？　林もどうしたのかな？　乙梨恵は一体どうしたら良いの？　敦子は理とは付き合わない方が良いって言うけど変な気持ち。そういえば理、近所の岡本に何度も間違い電話してるらしい。変な噂があるって母が言ってたの。でもそんな事気にしない。男って一体何を考えているのか？

二月十九日　午後六時過ぎ林より電話、久し振りだったがすぐに分かった。でもちょっぴり不安。だって理の事があるんですもの。明日朝、逢う約束をしてしまった。明日は登校日だから人丸に七時二十分位までに来るという。このまま何も言わずに林と逢っていいのでしょうか？どうしたら、如何したら良いの？　何故乙梨恵の様な女がいいのか？　不思議な事だ。皆本気なのかな？　それともからかい半分？　理がもし本当に中学の頃から乙梨恵を好きで、今でも一途に思ってくれているのなら、それに彼を真面目に出来るのなら付き合っても良いような？　しかし林の事は皆に言えても理の事は言えそうにない。誰かに相談したい、出来るものなら浦に逢い全てを打ち明けてしまいたい。そしてあの人の言う通りにしたい。理が言ってた「もし忘れられないのなら、お前は二号にでもなる気か？」と、そう出来るものならば。でも無理。あの人が居なくなって、いや結婚して乙梨恵の人生目茶苦茶！　もうどうにでもなってしまえ。もう嫌、全てが嫌……男の強い腕に抱かれると乙梨恵も女、駄目になってしまいそう。現にこの前、理と……一時は本気で彼を思った。彼の手を避けながらも密かに彼に抱かれる喜びと胸の温もりを感じていた。自分がこれ程脆いとは知らず、またその脆さに女を感じる。これから先、何度こんな事があるのか分からないのに、男に泣く事も多かろうに、今でこんなではこれから先が思い遣られる。強く生きなくちゃ！

二月二十日　今日は登校日。突然廊下で理に会い心臓が止まる様な思い。その後、実践室に女子は恵と乙梨恵だけ、あと男子数人の中に理が居た。まさか来ているとは知らず、恵は気付いていたが私が気付かないので、そのままの方がいいと思い黙っていたと。その後まるで当て付けの様に、城《じょう》に「湯本に行こう」なんて私に向けた様に言ってた。彼何故あんなになっちゃったんだろう？　今朝、林が人丸駅まで来たので梅には悪いが長門まで送ってもらい、時間があったので長門病院の前で話し込み、何故か理の事ばかりでとても辛かった。その時の会話では、理は本当に優しくて真面目な人なのに、父さんが亡くなり変わってしまったと。そして放課後、十一時過ぎから三時頃まで恵と梅と三人、図書館で理との間に何があったのか大まかな所を話した。このままじゃ本当に駄目になってしまいそう、理の馬鹿！　なんであんな事を……理の馬鹿。あなたが言っていた様にもしあなたと付き合えば、いえあなたと付き合っていたら貴方なら浦さんの事を忘れさせてくれるような、忘れられる様な気がする。まさか電話する訳にもいかないし、でもこのままいたら浦の時の様に後悔する事になるのかも……そう思うと辛くて辛くてどうして良いのか？　分からない。このまま他人の目を気にして自分の心を偽っていたら、きっと後悔するのが分かっているのにどうしようもないの、馬鹿な女だから……乙梨恵にはとても言えない。切なくて今夜も眠れそうもない。あぁ後数日で卒業、このまま別れたら私きっと後悔する。浦の時も後悔するとは思いながら、どうしようもなくなってしまった。そしてあんな結果になってしまった。好きな男をまた失うと思ったら、このままじゃ本当に狂ってしまいそう。もう嫌、何もかも全てを目茶苦茶にしてしまいたい。乙梨恵なんてもうどうなっても構わない、馬鹿なのよ！　乙梨恵は馬鹿な女。すぐに男に惚れて尽くしてしまう。何かに書いてあった尽くすタイプと、もしそうなら一生苦しみ続けるんだわ。いろんな男の事で、男に尽くして自分を駄目にして、それで幸福感じて一生を過ごすんだわ。これが乙梨恵の乙梨恵の一生なの？　まだ高校生の女の子がこんな悩みをもって泣くなんて……あぁ神様、乙梨恵をお助け下さい！　この哀れな子羊をお救い下さい、あぁ神様……。

二月二十一日　今日も一日ブラブラ過ごした。明日から土日と梅ちゃんの家に遊びに行くつもりだったのだが、またもや恵が、雪が降るので行かないと言い出したので延期になった。一人で居るのが苦しくて切なくて死にたい思いだった。何故か理の事が頭から離れないの。今まであんなに浦の事ばかり考えていた乙梨恵が、誰にも友達にも紹介出来ない様な男を好きになってしまうなんて。きっと浦ならどんな人にでも自慢して紹介出来ただろうに……何故浦の事より理の事をこんなに思っているのかしら？

二月二十二日　今日も何も手につかない。敦子の所に電話しても長門に行ったらしく留守にしていた。生きてる事が虚しく、中学の時のアルバムを出して見た。真っ先に目に入ったのが理、どうしているのかしら？　アルバムを見ていて気付いたのだが、いくら見てもクラブ写真の中にただ一人理だけが載っていない。やはりお父さんが亡くなられた後、三年の頃には彼はもうグレかけていたんだわ。もし乙梨恵に出来る事なら彼を立ち直らせてあげたい。その為には林との付き合いは止め、卒業前に何とかしなくては……何故こんなに切ない思いに駆られるのでしょう？好きなんです。明日も電話の無いのは分かっているのに、毎日の様に理からの電話を待っている乙梨恵です。只管《ひたすら》待つ女です。皆に叱られても、それでも自分の心をどうする事も出来ないのです。この胸の苦しみ誰に分かるというのです。ただ乙梨恵にだけしか分かるはずはありません。

お願い、もう一度電話をして、理。
二月二十三日　午後二時半頃より敦子宅へ遊びに行く。小母さん達が居らしたのであまり話が出来なかったが、思い切って理に対する正直な気持ちを伝え、結構分かってくれたが自分の気持ちが不安。また何時変わるか分かんないんだもの。出来れば文通友達で居たいの。何故って自分から言っておきながら大阪に出て、他に好きな男が出来たら困っちゃうもの。敦子は理に電話すれば良いなんて言ってるけど、その点が不安なの。理は一途な人だっていうけど、その通りかも……だから乙梨恵も困っちゃうのだな。でもお互いにフレンドの関係でいれば良いのでは？　思い切って電話しちゃおうかな！　けどやはり出来そうもない。さっきまで敦子の家で、あまり話が出来なくて写真を見て楽しんで、明日買い物に行く約束をした。その事はまた明日にして今日はこれまで。誰かさんおやすみなさい。
二月二十四日　今朝八時のバスで長門へ敦子の買い物のお付き合い。人丸で降りると何とも驚き、理が車で来ていた。西が助手席に乗り二人何処かへ行ってしまった。淋しい思い。汽車でも買い物してても気になって、ボーリングに行ったけど電気も付けずに何故か変なの。仕方なく諦めて恵宅へ行き、いろいろご馳走になり、三人で雑談しながらも忘れられないの。トランプも花札も楽しかったけど、気になるの……何処へ行ったのかしら？
夜九時過ぎより十時頃まで敦子の寝床で雑談。あぁ忘れられないあの男、でも忘れなくっちゃ、早く解決しなくては！　理が何時広島に行くのかも気になるし憂鬱、明日は九州の叔母ちゃんの所に行かなくちゃだけど行く気にならない。早く帰って解決します。
二月二十七日　二十五日から今日まで叔母の所に行ってきた。二十五日は夕方、姉の家に泊まり二十六日は叔母の所に、明日は恵と梅宅へ行く事にしている。浦に逢いたいな！　そしていろいろ相談したい理の事、林の事。どうして良いのか？　何と憂鬱な女心。
二月二十八日　恵と梅宅へ泊まりに行く。私は十一時過ぎで行き、恵は四時で来た。梅と二人、雄二の所で奥さんと奥さんの友達と四人で四時頃まで話しする。夕方雄二と二人で梅の家に来ると言ってたけど、七時頃電話で今日は給料日でお菓子等沢山買って来たから来いとの事なので九時頃四人で行く。林が来ていた、計画的？でもまぁいい、六人で一日の午前四時頃まで徹夜で花札、トランプする。とても楽しかった。浦が居ないのが残念！　途中車の音、カーテンの隙間から見ると浦の車。嘘を付いて出てみたがもう影も形も無い。梅の部屋が真暗なので、すぐ帰ったのだろう？　乙梨恵の嘘も林や雄二にはバレテいたらしく、林ショックだったみたい。ごめんなさい。
三月一日　今朝、山角まで林に車で送ってもらう。この日は卒業式の練習で、記念品の目録を代表で読む事が命ぜられ私だけ学校へ。練習を終えて梅の所へ荷物を取りに行き、六時のバスまで三人でトランプ等して遊んだ。六時十一分と思いバス停に行ってみると、何と一分の間違いでバスは出た後。もう帰れないので恵とまた泊まる事にした。夕方、浦の帰るのを待っていたがなかなか帰って来ない。夕食の仕度をしている時、車の音がする度に二階へ上がってみたら、雄二の方が早く帰って来たので少し立ち話し「今日も来ないか？」と誘われたが迷惑だと思い止めた。そしてついに浦が帰って来た、窓を開けると外に浦が居たのでそこで少し話し、浦が寒いといけないので乙梨恵も外に出て車に乗る。そして少し話が出来るという事なので梅達の所に戻り、二階に居るからと嘘を付き車で潮吹きに行く、七時半頃だったろうか？　話の中でまずショックだったのが、昨年の十一月末に少し早めに男の子を出産したという事。泣き叫びたい程……浦の馬鹿！　彼の胸の中、口付けを。そして浦は今でも乙梨恵を愛してくれている、浦の手がスカートの中に入り乳房に届く彼の手、いけない事とは知りながら時めきを感じていた。乙梨恵が大阪に出るまでに一度遊びに行こうと言ってくれ、そして「乙梨恵が出るまでは浦が乙梨恵を愛する事を許してくれ、乙梨恵が出たら奥さんの事だけ考え乙梨恵の事は忘れる」という。これは乙梨恵が浦の幸福を願って彼に言ったからだ。でも悔しい、こんなに馬鹿な女が、本当は駆け落ちでもしたい心境なのに！　なんて馬鹿な女なんだろう。帰ったのは八時半、浦は乱れた乙梨恵の髪そして身づくろいを整えて、車を出て雄二の家の上の所まで二人手を繋ぎ恋人同士のような、二人の別れ……結婚してるとは思えない彼の素振り、このまま出来る限り逢引を続けて、二人の愛を実らせたい！　裏腹な偽りの態度が悲しい。

三月二日　今日三人で登校、練習が終わり梅は先に帰ったので恵と学校で五時頃まで浦や理の事等いろいろ話し、ステーションの所まで来るとバイトの時に知り合った男の人に、連れて帰ってやると言われ、最初は断ったが悪い気がしたので乗せてもらい恵と別れた。帰りの車の中で話してたら、急に林の事を言い出したのでビックリ。林が長門の駅に居たという。何かブラブラしていた様子で、きっと乙梨恵を待っていたのだろう、ごめんなさい。人丸まで送ってもらい、そこからバスで帰る。バスに乗ってると一度帰ってまた駅に来た様で、私に話があった様だがそのままバスで帰る。もう浦の車は無い。

三月三日　今日は卒業式。別れが悲しくてとてもやり切れない！　あぁ何と嫌な卒業式が何とか無事に終えた。行き帰り共に梅のお父さんの車で。この日、浦の車は無かったようだ。仕事休んだのかな？　家に帰っても何とも言えない気分で、悲しいような辛いような、このまま学校に戻りたいな。

三月四日　今朝、恵より電話で行くのが早くなり三月九日になったという。今日長門まで出られないか?という事で十時のバスで長門へ。買い物したりブラブラ、恵は思い切って安《やす》君に自分の気持ちを伝えたいと言うので電話したが自動車学校に行って居ないらしい。仕方なく夕方、敦子と大山の公衆電話から何度か掛けても出ないので諦めて帰る。ついでに理の所にも掛けたが居ない。ショボン。後は明日の事。そういえば長門に行く時、浦が見えたので後ろの車両に移って行った。帰りにも外に出てたので必死に見つめていたら気付いて、両手に荷物を持ってたので頭を下げてくれ、とても嬉しい一日でした。

三月五日　今朝、恵より電話、勿論安君の事で、どうにかしてやりたいが家からは出来ないし、一時のバスで歯医者に行き二人で電話しに行く。安君に話した後、理に敦子がしてくれた。九日に立つそうでちょっぴり淋しい。夕方敦子の所にアルバムを持って遊びに行き、寝床の中でこっそり話し、明日教会から帰って理に電話する事にした。
三月六日　今日は母と共に県本部へ、久し振りに浜口さん、時山《ときやま》さんに合った。時山さんは彼との悩み、浜口さんも彼との事で随分あったらしい。二人とも萩、下関市内に勤めるらしい。私も県内に残りたいな！　理に電話と思ったがついに出来なかった。
三月七日　今日は梅と恵宅へ遊びに行って、理に何度電話をしても留守だった。最後に七時頃掛けたが全く繋がらず、何処に行ったのか？　憂鬱。お母さんはとても優しそうな人で、帰ったら掛けてくれるように頼んだが0時近くになっても掛かって来ない。
三月八日　今日梅が泊まりに来た。敦子も遊びに来て泊まる事にした。花札を借りて三人でみかんを掛けて楽しんだ。理の所に敦子が電話をしてくれた。理は乙梨恵の事だけを思ってくれてるらしく嬉しいな。でも明日朝十時頃に自分の車で小郡まで行き、小郡を一時過ぎの新幹線に乗って行くそうだ。家を出る前に電話をしてくれると、嬉しいけど乙梨恵の心に秘めている男は浦。これで良いのだろうか？　もし理を傷つける事になったら、どうして良いのか分からない。理、乙梨恵を許してね。こんな女をお許し下さい！
貴男を好きな気持ちに偽りはありません。明日電話を待ってます。
三月九日　今朝は早くから落ち着かない。電話のベルが気にかかる、十時過ぎてようやくベルが鳴った、三隅からだという。お互いに照れくさくてあまり話が出来なかった（初心だったね）。

理「今から行くから、気をつけろよ」　乙梨恵「頑張ってね！」なんて二人でそんな事を言い合い、住所を聞くと友達が知ってる、今ここに持ってないからお母さんにでも電話して聞いてくれと。だけどどうも恥ずかしくて電話出来ない。それにお盆に帰ったら家に電話しろと言ってたけど、帰れそうもないし。二人の間もこれっきりかな？　これが運命なのかしら？　四時過ぎ浦の職場に電話して、二、三度掛けたけど居ないので、こっちに電話くれるように頼んだ。六時前に電話があり、梅を連れて帰ってくれる様に頼んで競り場で待った。龍神山に白い車が差し掛かった時すぐに分かった。彼もすぐに気付き、梅が乗り浦は窓を開けちょっぴり話せた。浦は益々格好良くなったみたい！　休みがなかなか取れないらしく、あぁつまんない。でも心さえ通じていたらそれで良いの、二人で話したい様子だったけど我慢する。

三月十日　今日は朝帰り、敦子の所に泊まったの。だって敦子は今朝七時半に行っちゃうんだもの。七時頃家に帰り、七時半前また敦子の所へ行き荷物を持って見送りに。昨日は恵が行き、今日は敦子が行っちゃった。淋しいな！　今日は二時頃まで寝ていて、何故か？　チェリーの夢を見た。チェリーが誰か、乙梨恵の知ってる人から殺されそうで、それを助けるというか庇うの「チェリーを殺すなら乙梨恵を殺して！」って変な夢。まさか気になってるの？　そんな事あるはず無いだろうに？　四時頃、梅の所に電話した。昨日浦とどんな話をしたのか聞くと、あまり話さなかったけど乙梨恵の事を「逢う度に可愛くなっていく、歳を取る度に可愛くなるんじゃないのか」なんて言ってくれたらしく、浦から言われるととても嬉しい！　それに昨日浦と逢った後に、浦の優しさに涙が止まらなかった。私が電話した時、少しは感じたがそれ程酷い事を言ってないのに「さっきは酷い事言って済まなかった、許してくれ」って言ったけど、乙梨恵の方が酷いのに浦ごめんね。昨日はあなた達の結婚記念日なのに許して。出来るものならもう一度昔に返り、貴男との愛を実らせたい！　貴男を思う胸の苦しみ、二人の愛の素晴らしさを一生忘れません。

三月十一日　八時のバスで梅と長門へ買い物に行く約束が、梅がバスに乗り遅れ当然汽車にも乗り遅れ、人丸をぶらついてると丁度、浦が外で仕事をしていたけど、こちらには気付いてくれずいつの間にか居なくなって、きっと遠くに行って帰りが遅くなるんだろうな。長門ではいろんな友に会った。明日も浦に逢える事を祈ってGOOD NIGHT。

三月十二日　十時のバスで梅宅へボストンバッグを借りに行った。バスを降りると三、四人の、おば様方と一人のおじ様も同じ方へ降りて行かれた。堤の所でおじ様が道を間違えられかけたので教えてあげ話をしながら梅の所まで行く。法事で来られたとかで浦の車があったのもそのせいだろう。バッグを借り、もう少し居れば逢えたかもしれないのに来たバスですぐに帰り残念な気持ち。明日から十六日まで本部の清奉研に行くが、帰って来てもすぐには休みが取れないだろう。そうすると本当に後一度しか逢えないのかも？

逢えるのは逢えたとしてもデートは一度だけで、それで浦とは虚しく終わるのだろうか？　涙又涙。二人の想い出だけが残るだけで後は何も……逢引だけでも続けていたい。

三月十三日　この日、熱海に発つ汽車の中で小島《こじま》君、上村《かみむら》さんと同席、夜遅くまで騒ぐ。小島君、時々私の肩に頭を持たせ掛けたりする。

理の働いてる福山という駅がどんな所か？　過ぎるまで頑張って起きていた。

三月十四日　朝七時過ぎに熱海に着く。九時までに本部に行けば良いと聞いていたので荷物を預け、小島君と街をぶらつく。途中知った者が誰も居ないと肩に手を回したり、散歩して喫茶店に入りコーヒーを飲み本部に向う。奉仕等全てが終わり、夜の九時の約束で街に出る事にしてたのだが、入浴等も遅くなり約束の時間を少しオーバーした。お風呂から上がるともう待っていた。遅いので止そうと言い部屋に帰ったが気になり出てみるともう居ない。私達は五階で彼らは四階なので、上村さんと四階に降り椅子に座って待ってるとパジャマ姿で出て来た。屋上に上がって三人でお喋りしてる時、誰かの話で門限が十一時だと聞いたので、早速三人で出かけた。殆どの店は閉まっており、開いてるのはホテルくらいで、駅前で上村さんが少し離れて前に行くと、待ってましたとばかりに私の肩に手を回し寄り添って歩いた。気は引けたけどまっいいか。あるホテルの前に「空室あり」なんて書いてあるものだから彼は調子に乗り「行こう！」なんて言い出す始末。本部の前で「そろそろ着くな、じゃあそろそろ行こうか」なんて言って急に引き寄せ顔を近づけキスしようとした。驚いて「嫌っ」ていうと、彼にっこりして私も邪険には出来なくて目を合わせて笑ってあげた。ちょっぴりロマンな夜でした。

三月十五日　この日はバスで箱根に向う。荷物は小島君が持って乗ってくれ、一番後ろの窓側に私が座りその側に小島君、十国峠から芦ノ湖の辺り富士山が顔を出して、ついてるな！　初めて見る富士山は雪を被ってた。箱根に着く前、殆どの人が居眠りしてる時、後ろに手を回しましたキスしかけてきた。ストップ！どういう気持ちなのかな？　彼女がいるというのに、乙梨恵の彼の事も知ってるのに男って……冷えちゃった。前のおじ様気付いてらしたみたい（若い者はどうしようもないな！って思ったかどうだか？）。帰りのバスの中でもまた今度は、お菓子を食べさせてくれ「そのまま」ってお菓子を通じて間接キスをしかけた。本当に驚き、メッですよ！　おふざけも過ぎますよ！　熱海に着き、私一人でどうしようかと思っていたら彼や桝谷さん、宇野先生、上村さんが付き合ってくれ助かった。夕食済ませ五人でお茶して、全部小島君の奢り。別れの時、彼、私の肩を抱いて「じゃあな、元気でやれよ！　俺も一年したら大阪に行くからな」なんて言って別れた。帰りの汽車の中で隣りに座り、蒲原という駅で降りた人、ちょっぴり格好良かったな。降りられる時「さよなら」なんて出口から手を振ったりして……。

三月十六日　人丸で肘島さんに合い、いろいろ話したがこれが最後になろうとは……。

三月十七日　この日は小学のクラス会を村田さん所で三時より開始、男子七人、女子六人の十三人でトランプしたり、酒屋の品川さんがお酒、ワイン等を持って来て飲んだり、中でもトランプが一番楽しかった。トランプでシッペして手が腫れちゃった。男子が怖い事言って脅かす。山さん車買ったそうで、車で何処かに行きたい、なんて私の方を見て……思い過ごしかもね？　私もドライブしたかったんだけどね。夜中の二時頃まで騒いで皆はまだ残っていたけど私は一足先に帰った。とても楽しい一日でした。

三月十八日　昨夜の疲労でお昼までぐっすり寝てた。夕方父母の喧嘩の仲裁に入り、逆に父と喧嘩。家出するつもりで敦子の所に行き、敦子に着替えを取って来てもらい電話しに行き、林の所にしたが居ない。雄二の所にしたけど思い切って言えない。理も居ないし、ましてや浦には電話出来ないし、暫く一人で浜を散歩して敦子の所に行き泊めてもらった。とても悲しい一日でした。本当に家出するつもりだったのに、だってあまりにも母さんが可哀そうで、母さんにだけは電話したが泣いていた。ゴメンネ！　母さん。

三月十九日　夕べから敦子の所に泊まって朝帰り、敦子は二番のバスで湯田に帰った。その後、朝食を食べさせてもらい九時過ぎに家に帰り、部屋の大掃除をし十二時過ぎ昨夜の事で林より電話。でも何も聞かなかったし私も言わなかった。側で雄二が何か言ってたらしい。夜遅くまで大変だった。明日は梅の所に行く予定だが酷い風雨で行けるかな？

三月二十日　梅方へ十時のバスで泊まりに行く。昼過ぎに浦の車が帰って来て、休みだったらしい。乙梨恵は浦をチラッと見たが浦は気付かない……午後十時過ぎ雄二の所に行く、奥様が実家に帰っておられるとかで気が引けたが「来い」と言ってるし「行こうか」なんて言ってると、もう林は帰ろうと車に乗っているが、窓を開けると雄二が気付き林も車から降りて来て、また四人で話したりトランプしたり、でもあまり楽しくなかった。林がえらいからと夜中二時過ぎにベッドに入ってから、雄二が「大阪に行かなくても結婚した方がいい」なんて言ったので「相手がいなきゃ出来ない」って言うと一人いると。林の事だけど、私なんて駄目な女だから、もっといい女幾らでもいるし他の人の方が良いよ！って断ると、雄二もしつこくは言ってこなかった。三時過ぎに寝た。

三月二十一日　今日は朝帰り、三時頃からごろ寝して六時頃起きて帰った。梅のおばさん達に気付かれない為に大分気を遣い、七時過ぎに雄二が出る前に花札を借りて、八時半頃、車の音で窓を開けるとやはり浦、少し開けて見ていると浦が気付き車を止めた。思い切って開けると「ようう」なんて言い少し話せた。「今から帰らないか？」って言ったけど、どうせ浦は仕事に行くんだし送ってもらってもあまり話も出来ないと思い断った。浦って何て格好良いんでしょう！とつくづく思う。あんな良い男、二度と乙梨恵の前に現れないでしょう。昼頃、雄二が帰って来た。この日、梅宅は皆出かけて梅と二人だったので昼食を済ませ、宅君に電話して誘い、ついでに雄二も誘って四人でトランプして遊んだ。雄二と梅が来るまで宅君と二人で話して、四人で遊んでいる内に浦の弟と梅の弟も来て六人でトランプして遊んだ。私が浦の嫁に来てれば皆楽しく仲良く出来たのにと言ってくれた。雄二は仕事で気まずい事があり帰って来たらしく、この日は雄二が送ってくれそうにないので五時のバスで帰った。浦に逢えないのが残念！

三月二十二日　恵と梅と三人で学校へ、そしてこの三十日に結婚される石原先生の所へお祝いと別れを告げに行った。そして恵の買い物に付き合い、小久保、百合田に会い、二人とも社会人らしく美しくなっていた。鳥打、田村、本岡にも会う、梅と二人で恵にプチネックレスをプレゼントする。梅とお揃いの三レーンのネックレスを記念に買った。
三月二十三日　お義兄さんの車で一緒に小倉の叔母ちゃんの家に行き、お昼から小倉へ買物に。洋服や鞄を買い、靴は姉が、バッグは叔母にプレゼントしてもらいラッキー！　門司で財布を買って叔母の家に泊まる。今日梅は大阪に行ってしまい淋しくなる。
三月二十四日　今朝九時過ぎに起きて買い物へ。父からの電話で薔薇屋より連絡があったと。掛渕の祖母ちゃんが危ないらしいと姉から電話があったが、今日は叔母の家に泊まる事にして（子供の頃に不思議で？　私には何故か？　お婆ちゃんが四人も居る。おばあ様、おばあちゃん、ばあちゃん。何故でしょう？）。
三月二十七日　姉の家から実家に終便で帰る。
三月二十八日　木村病院に祖母ちゃんの見舞いに行った。休みらしく浦の車は無いのに彼からは何の連絡も無く裏切られたのだ。夕方母さんと喧嘩つい八つ当たりしてしまう。
高《たか》さん（先輩）に電話して明日行く約束をした。九時過ぎ梅より電話があり、元気で友達も出来たようで言葉も変わってる。この前、二十一日私が帰った後、雄二が梅に夜、来いと言ったらしく「何も言わなかった？」って聞いて来た。明日にでも連絡しよう。
梅の会社と私の職場が近いらしい、四十分位の所だそうで心強いね。
三月二十九日　夕方、七時から八時に薔薇屋社員の高先輩方へ行く。初任給は七万七千円位らしい。先輩が新大阪に迎えに来て下さるそうで一人で行く事にした。

入社で行った当日は金沢の伯父と先輩が新大阪に出迎えて下さった。田舎者の私にはあまりにも大勢の人が、まるでロボットの様にあらゆる方向にスイスイと蠢いて、同じ様に見えるのに自分の行き先が分かるんだ凄い、お祭りみたいと思いながらキョロキョロ着いて行くのが必死だった。乗り継いでようやく泉北の寮に着いた。高層で入ったらまるでホテルのロビーの様で、こんな素敵な所に住めるなんて感激で、ただ目がパチクリばかり。

高先輩のお宅から帰って恵と二十分位電話をして。浦からも林からも連絡なし。手持ち無沙汰でコサージュを三個作り、明日こそは何処かに遊びに行きたいな！

三月三十一日　掛渕の叔父さんよりお餞別頂く。今朝、敦子より手紙が来てその返事等、恵、梅、末永さんにも書いて非常に疲れた。今朝は理の夢を見て夢の中で話したら逢えるって云うけど本当かな？　あぁ浦に逢いたい！　何故電話もくれないんだろう？　騙されたなんて考えたくはない。乙梨恵の事を本当に嫌になっちゃったんじゃないのかな？

四月一日　つい先程、梅に電話して十分位話をして仕事が面白くないらしく愚痴を零してた。仕事が面白いはずがないか？　でも可哀そうに、私に「大阪には来ない方が良いよ、田舎に居た方がいいよ！」って、それ程辛い事があったのか？　私だって本当は出たくない！　でも今更辞退する訳にはいかないし、父からも「お前が自分で決めた事だから、もしここで止めたらこれから先の後輩にも、あそこにはこんな人間が居たと迷惑が掛かる。責任の無い事はするな！　どんな事があっても一年は頑張って来い！　一年したら帰って来い」と言われ、本当は父さんも出したくはなかったのに。一年したら帰るつもりの私が結局……。
こんな時、浦が側に居てくれたらどんなに心強いか。誰かに逢いたい、誰かに。
四月二日　薔薇屋より速達が来る。午後八時過ぎ、また洗濯物を取られた事に気付く。憎い奴、今に見てろきっと尻尾を掴んでやる！とはいうものの後十日余りで出て行く身。
四月四日　母が熱海へ出発。
四月五日　土曜日だというのに浦からも林からも何の連絡も無い。つまらない、林に合って話したい気もするけど、でももうきっと会えないのね。理からの連絡も無いし憂鬱。
四月六日　六時半起床で朝食の支度、掃除洗濯に大わらわでグデングデン。誰からも電話無いし、もう私の事なんかきっとどうでも良いに決まってる。つまらない、全ての原因は自分にあると云われてるし、仕方ない、元は私が悪いのだから。明日敦子の所へ行く事にした。浦に逢いたいけど、もう二度と逢えそうに無い……。
四月七日　二時のバスで山口の敦子に逢いに行く途中、長門で偶然、昔憧れの君だった茂《しげ》ちゃんに逢い一時間半近く港やプラザ、スタンドバーでデートして、大阪で逢う約束をしたんだけど良いのかな？　一便遅れて山口へ向かう途中、すれ違う汽車に山下君が乗っててじっとこちらを見てた。恥ずかしいので目を反らすのに必死。この日は翠山荘の寮に泊まり、敦子とレコードを聴きながら、一つの布団で一緒に寝た、懐かしい想い出。
四月八日　昨夜遅く雨が降り出したが今朝は何とか止んだ。防府に行く予定が、十時頃寮を出て県本部に行きバスで山口に買い物に行った。山口は大変安く欲しい物が一杯。ザビエルの塔、とても静寂、神秘的で心がとても穏やか。小郡まで出て一時間位話して別れたのです。林にプレゼントのライターも買い、長門から電話して居なく人丸からしてもまだ帰っていません。そういえば長門でヨッコに会って少し話し、彼とは上手くいってる様だけど都会に出たがっていた。汽車の中では岡村さんがタクちゃんと一緒に私の前に座り、目のやり場に困ったのです。きっと二人は結婚するのでしょう、羨ましいな。

浦の事が思えてならない。七時半過ぎに帰り、引き出しの物を全て出して荷造り整理して。そういえば敦子からの手紙が来ていて嬉しい。やはり一番の親友は敦子のようです、二人で話したのですが、近くで結婚したいねって！　只今、真夜中0時五十五分。

四月九日　小包を出しに行ったが配達は不可能で、わざわざ取りに行かなくっちゃで嫌んなっちゃう！　お風呂に入って居る時、梅より電話で飛び上がって裸のまま長電話して寒かった。従弟と大阪見学に行ったらしく羨ましい。そういえばお昼に茂ちゃんより電話で、今から友達の所に行き明日朝京都へ発つそうだ。遊びに来いと住所を教えてくれたので早速手紙を出さなきゃね。夕方林に電話して今日もまだ帰って無いとか、もうライターあげるの止そうかな。縁の無いのってこんなものかな？　それより浦に逢いたい！

四月十日　梅より手紙が来て嬉しい。早速お返事書かなくちゃ、敦子にもね。

四月十一日　夕方梅へ電話。その後二人で電話の掛け合いっこして。七時過ぎに林に電話するが居ない。もう一度九時過ぎにしてようやく帰ってた、明日仕事が休みなので学校へ連れて行ってくれるというから、ライターあげよう。もう乙梨恵が行ったと思っていたらしく、明日がきっと最後になる。大いに楽しまなくちゃね。電話して良かった。明日は選挙で休みらしいから案外、明後日仕事があるかもね？　明日が楽しみだわ！　今日は丁度父も母も遅く帰って来たので良かった。浦には逢えなくて残念だったけど。

四月十二日　林に学校に送ってもらい信頼する岩崎先生と一時間近く話が出来た。学校を出て、待っててくれた林と宇部の常盤公園に行きゲーム、ジェットコースター、ボートに乗ったり、小郡へ出て秋吉から長門まで帰り、お寿司を食べて人丸まで帰ったが、八時頃に家に電話して、また湯本の大寧寺へドライブ。勿論ライターもプレゼントして、もう九時だった。終便もとっくに過ぎてるし叱られるのを覚悟して帰り「ごめんなさい」って言ったら別に怒ってなく、それどころか父さん夕食も待ってくれて食べずに寝てた。「本当にごめんなさい！」でもこんなに楽しかったの久し振りで「林ありがとう！」貴方は私の浦への気持ちを知りながらあんなに優しく、本当はあのまま家に帰らず夜中でもドライブしていたかった。貴方もそうだったのでしょう、分かっていたのに父の事が心配で、ごめんなさい許して！　貴方に取って私は身勝手で悪い女でした。貴方の様な善い人を、貴方に逢えて本当に嬉しかった。そしてこんなに楽しく過ごさせてくれたのに……さよなら。

四月十三日　午後八時過ぎ買い物に行った帰りに林に電話したら、夕方下関に行ったらしくまだ帰ってなかった。明日はもう川尻を離れる。淋しくて淋しくて涙が自然に零れ落ちる。終に浦は私の気持ちを裏切った。林の方がどんなに優しく良い男か、見る目の無い乙梨恵だ。浦は見た目は良いが、あの男は他人を傷つけやすい。今まで一番私を泣かせ傷つけた男だ。女の心を玩び、憎い憎い！なのに心の底から憎む事が出来ない馬鹿な女だ。浦を怨む事ができたらどんなに幸せだろう！なのになのに乙梨恵の馬鹿……。

さよなら川尻、さよなら父さん母さん、そして林、雄二、浦、皆元気でね！　一年したら帰って来るつもりです。勿論、今年のお盆にも帰って来るつもり、その時また逢ってね！　あまり変わらないまま帰って来るつもりです……good by my frend……所があっという間に化けた乙梨恵でした。気が付けば、化粧お化けにもなっていました。

四月二十四日　大阪に来て早一週間が過ぎた。早いのか遅いのか、もうホームシックにかかり家に帰りたい。父さん母さんの顔が見たい。浦の事を忘れる為にここまで来たのに、浦は一向に私の心から離れてくれない。あの男への想いは募るばかりで、浦のお蔭で乙梨恵は一生を台無しにした様な気がする。あの男にさえ出逢っていなければ、あの男に……こんな一生は無かったのにと思う。浦さえ乙梨恵の元に帰ってくれたら、二人共に幸福に……いえそれは乙梨恵の独り善がりかもしれない。愛、愛が憎い！　貴男が憎い！　まだ人生という道は始まったばかりなのに……。

今日はブティックに研修で立たされた。一流品ばかりで商品知識の無い私に取っては、とても引け目を感じる売場だ。しかし五、六着売れて嬉しかった。快感。
八時過ぎに茂ちゃんより電話で、元気にやっている様子で何より。母さんからの手紙で思わず涙……懐かしい田舎を想い出す。
四月二十七日　今一人、部屋で淋しい。浦に逢いたい、あの男と別れてアベックを見る度に、あの頃の二人の楽しい日々が甦る。愛してはいけない男と知りつつ愛し、愛する事の苦しさを知った。何と切ない女心か……例えあの男に奥様があろうとも、二人の間に愛さえあれば、二人の心が通い合うならば、そんな事は他愛も無い事。浦、貴男は何故乙梨恵を奪って逃げてはくれなかったの？　何故何故……こんなに愛しているのに……二人の愛が偽りだったとでもいうの？
二人愛した事が、男と女の只の遊びだったとでもいうの？　運命が憎い、運命の悪戯が……。
四月二十八日　ようやく販売実習が終わった。家に電話しても誰も出ない。ヤス子姉さんに電話して住所を聞く。ドアで中指を詰めた。恵より手紙が来た。
五月二日　寮で部屋換えの事で相当揉めてた。米《よね》ちゃん達離されて可哀そうに、でもこんな事でくじけちゃ駄目よ。なんて強がり言ってみても彼女達が羨ましい。あんな事で悩めるなんて、一人先に帰って泣きました。後から後から涙が止まらない。浦と別離《わかれ》て、愛する男と二人愛し合いながら別離《わかれ》た私達……この引き裂かれた愛に比べ彼女達の悩みは、彼女達の辛い気持ちも分かる。でも私の我儘かもしれないけれど、一、二週間の友情よりも、愛し合う男女の繋がりの方がもっと強い様に思う。彼女達は毎日会える。でも私と浦は一緒に住む事は勿論、逢う事も話す事さえも許されない。例え不倫と後ろ指差されようとも浦を忘れる事は出来ない。愛し続ける、この命燃え尽きるまで……。

五月七日　ボーリング大会。四時頃寮に帰ると林から手紙が来て、ネックレスが同封してあった。心はこんなにも浦の事を想い続けているのに如何すればいいのか？

つい先程、四二〇号室のアッコちゃん達の部屋に集まって話してた時、突然「もし自分に婚約者が居て、その婚約者に友達を紹介した所、婚約者とその友達が恋する様になったとすれば、貴女ならどうする？」と聞かれ、思わず浦の事を想い出した。「その中の自分は婚約者を諦め、友の立場としてもその男を取る事は出来ない」と私は言ったが、そうなった時の三人の苦しみは計り知れない。その女の人は自殺未遂までしたという。私も一度は死のうとした。でもその自殺未遂した女の人の様には、浦の事を愛してはいなかったのかもしれない。でも何故こんなにも切なくあの男を想い続けるのかしら？　浦というたった一人の男を……愛って一体何なんだろう？

五月八日　本配があり、絶対に無いと思ってた化粧品売場に決まる。最初は皆一緒に連れていかれ、一人ずつ決まった売場に置いて行かれる。私は最後で一体何処？　全く化粧っ気の無いこの私が何故？　行きたい職場と行きたくない職場を聞かれた時、嫌だったけど心配しなくても在り得ないと思っていたのに、もう嫌になって来た。

悲しい事、辛い事がある度に浦に逢いたいと想う。もう早く田舎に帰りたい。

私が化粧品売り場に配属されたのは、一ヶ月後？に先輩が結婚退社される為だった。その為に引継ぎで多くの事を詰め込まれ、先輩はそれは美しく小声で上品に教えられ、見つめられたら見入られてるようで恐くて、一度発したら質問は許されない様な雰囲気で、まだ大阪にも馴染めず分からない言葉も多く、最初に突き当たった言葉が、山積みの書類を渡され「これほかしといて」の一言。私の頭は？「ほかす？」って何をどうするの？　恐くて質問出来ないし書類と睨めっこ。先輩が戻って来て何時までも行動しない私に「どうしてほかさないの？」。私「すみません、もう一度教えて下さい、私には出来ません」でようやく捨てると教えられ、塵なら分かるけど、よりによって書類とは、大阪弁ってややこしい。

先輩が退社され、入社そこそこの私に、今度は全部任すからと女の主任の判子を渡され、各メーカーさんの毎日の仕入れ許可まで……その為に自分なりに在庫帳、売上管理簿を創り睨めっこ。販売しながら帳面つけて、掃除のおばちゃんに「松ちゃん、あんた何時もその帳面大事に抱えてんな」と言われる程。ある時、売場を牛耳っていたカネボウのチーフから「今日これだけ納品したいから判子押して」と言われたが許可出来ない数字だったので、「許可出来ません、数字の根拠は？　今日いくら売り上げるんですか？」と生意気に言えば、「他メーカーには甘くて何故うちだけ？」とか言われ、その挙句に「松ちゃん、ちょっと裏まで顔貸し……」とトイレに呼び出され散々悪態つかれ、私は間違ってないので泣きながら反発大喧嘩（何処のあねさんやねん？）。喧嘩の後は仲良くなれたが、こんな所もう嫌！　帰りたい。かと思うと年末にこんな事もあった。毎日配送依頼の伝票が置かれる所をチェックするのだが、他の書類も一緒になっていて、一番下に隠れて見落とした伝票を主任が見つけて「これなんやねん？」見たら京都で年内届けの締め切りは過ぎもう間に合わない。主任「どう責任取ってくれんねん？」泣き出しそうだった。どうすればと「責任」の一言が重く圧し掛かり咄嗟に郵便局ならと考え、準備して財布と荷物だけ持って、時間が無いので正面玄関から飛び出して、雪の降る中コートも着ずに薄い制服のワンピース一枚だけで郵便局を探し、少し離れた所だったがようやく辿り着き泣き付いてお願いした。何とかして頂けたが、もしも駄目なら最悪自分で直接に行くしかない。彼に頼もうかとも、いろんな事を考えながら行った。帰った時には身体は冷えて、誰にも言わずに飛び出したものだから大騒ぎになっていた様で、私を見つけた主任は、まさか私がそんな事をするとは思わず、ぼぉっと冷たくなって帰った私を抱きしめて、「なんて馬鹿な子」と直ぐに火のある所で温めてくれた。それからは主任の私に対する態度はガラッと変わった。

化粧っ気の無い私が、化粧お化けになったのは「化粧品を扱うのに化粧をしないでどうするの、化粧しないのは裸で歩いてる事と同じ事、松ちゃんは裸で街を歩けるの？　恥ずかしいとは思わないの？」と、嫌だと逃げ回る私はメーカーのチーフ達に捕まえられ塗りたくられ、その内観念して気がつけば真っ赤な口紅に厚化粧して、化粧お化けになっていた。派手に見られる売場で、食事や休憩に行けば煙草で煙モクモク、煙草は嫌いで吸わないとは思っていたが「吸えませんと言っても勧められるし、何時まで耐えられるか？　逆に影響されて絶対に吸うようになると思っていた。周りの友達も殆ど吸ってたし寮の部屋で多少の練習もしてみたが「なんで皆こんな不味い物を」と思い、意志が強かったのか吸わずに済んだ。店内全員を対象の試験があった時、なんと一番か二番?の成績で張り出され、一躍有名人になって注目の的になってたようで、いろんな人に声を掛けられ信頼をされた様だった。その頃はまだ田舎者だし、モデルウォークも分からず出来る筈もないのに、外商の説明会に連れて行かれ、いきなり毛皮を着せられ回れといわれてもカチカチで冗談にも出来ず、どうして良いか分からず逃げ出したかった。商品を良く見せる為のモデルなのに、私を連れて行かれた事を後悔されたようだ。主任から、ここは一番難しい売場でここが出来たら、何処へ行っても出来ると太鼓判を押して頂けた。ここでの経験が私を育ててくれ、その後の仕事に繋がったと感謝している。化粧品の先輩が退社され、私の教育係りに特選の先輩がなって下さり、その先輩がプレタポルテに配属希望を出すようにアドバイスをして下さり、その様にしたのだが部長に呼び出され「配属先は婦人既製服売場」と、私「プレタでは無いのですか?」と聞くと、部長「そんなに嫌なのか?」と聞かれ、私「嫌です」とはっきり言ったが、部長「もう決まった事だから」と……売場に帰って泣いたけど諦めるしかないと早々に配属売場に行き、私「今度こちらに配属になりましたので宜しくお願いします」と挨拶して帰ると、また部長から呼び出しで「そこまで嫌なのならプレタに変えたから、その代りに誰からも認められる様に一生懸命に頑張るように!」と、折角挨拶に行ったのにと思ったけど、我儘な私に目を掛けて頂き感謝でした。

六月二日　憧れの君と一緒に持ち回りに行った。とても優しい素敵な男なのです。前とは違う胸の時めきがあるのです。浦の事も忘れられるかも？　今度何時会えるかな？
六月五日　新しい恋を見つけたのでしょうか？　昨日のカーニバルで私達が歌っている時一番前の席に座って見ていたのです。私達が終わると後ろの席に戻り、彼も悪役で劇に出ていたのです。挨拶出来ただけでも嬉しかったのに、にっこり笑って「おはよう」って言ってくれただけで。覚えていてくれたのですね。明日も会えるでしょうか？
昭和五十一年五月二十二日　晴れのち雨　乙梨恵の二十歳の誕生日、一二三《ひふみ》さんからピンクの可愛いペアのネックレスとイヤリングをプレゼントされとても嬉しい。せめて浦が電話だけでもしてくれたら申し分無いのに！　夕方より「サロンドとむ」美容室にへアモデルでカットしてもらいに梅と一緒に行った。行きづらかったけど行ったらとても楽しかった。後で一二三さんも来てくれ、門限を一時間位遅れたが、こっそり帰り楽しかった。最近とむには格好良い男が多くてちょっぴり恥ずかしい。リーゼントにしてもらったけど、あまり変わらない。夜一二三ちゃんがケーキを買って来てくれて、ささやかな誕生祝い。突然、森林、森田、宮崎、宮崎の四人が夏の制服を着て乱入、珍しい事だ。私ももう二十歳、年齢を感じちゃう。早く良い人を見つけなくっちゃ！　福君、無理かな？　岡村君に頼んでんだけどまだ手紙が来ない。やっぱり無理なのかな？　浦からも何の連絡も無いし浦は今頃どうしてるんだろう？　やはり今一番逢いたいのは浦あぁ愛しの浦。でも福君にも逢いたいな！　阿川さん始め同級生七人もう結婚したらしい早いな！　焦ってしまう。まだ私には決まった男も居ないのに何故皆こんなに早いんだろう。誰か、福君なら着いていきたいけれど。

二十歳の私にあるものは
二十年の年月を生きた人間
これからの私は何でしょう
何と歳を取る事の恐さ、不安
この胸のざわめき
二十歳になった不安

大人の世界と歳に対する不安
ただ一個の、未来の予知出来ない人間
人間のページを半分過ぎた人間
結婚への希望
十九歳の誕生日には無かった不安
十代から二十代への別れ

(私はずっと五十歳までは生きれない、それまでにはこの世に居ないと思っていた)

十九歳の別れ

子供の愛よ　さようなら
子供の愛は　可愛くて
二十歳の女にある恋は
昨日の愛は　幼くて
瞳の奥で　燃えている
男と女の二人連れ
あぁ恋の恋の苦しみを知った

大人の愛よ　こんにちは
大人の愛は　恐いもの
昨日の愛とは　違ってる
今日の愛は　真剣に
燃える炎の　その中で
一つの道を歩いてく
女がまた一人

また一人と　今日もまた　　　　　私も　二十歳の女です
もうすぐ二十歳の春が来るでしょう　その時の　貴男はだあれ
何処の　何処の誰でしょう　　　　今日で十九歳ともお別れに
二度とは来ない　　　　　　　　　十九歳の春よ　さようなら……

福君の愛を掴みたい！　愛しています。

六月二日　堺市民会館でカーニバル開催、私は歌と喜劇三代のスチュワーデス役だった。今は真夜中の一時四十分、敦子と恵に手紙を書いている。なかなか眠れなくて切ない、何だか生きてる事がこの上もなく切なく、浦の写真の前に寝そべって日記を付けている。この切なさ……眠れぬ夜の切なさ。ラジオが今独り言……早く浦の面影に別れを告げなくては。浦、貴男さえこの世の中に居なければ、貴男に出逢わなければ、貴男を知らずに済んでたら、きっと私はもっと平凡な女の幸福が掴めたでしょうに！　貴男に出逢ったばかりに乙梨恵は苦しみの生活を向かえました。きっとこれから先、私に女の本当の幸福は無いでしょう。でももし貴男に着いて行ってたら、今の様な華やかな生活は無かったでしょうし、センスのある世界は無かったでしょう。その代りに女の幸福があったのかもしれません。それとも二人の想いは、その時で終わっていたでしょうか？　やはり二人の別離は一生の愛……最高の愛として、このままで良かったのでしょうか？　一生忘れえぬ恋……それが二人にあったのですね。二人あの時、結ばれるよりも今のままの方が素晴らしい愛として……終わる事が出来るのだから。女と男が最高の恋愛に陥った時、その時二人終われたら、その愛は最高の愛として続くと聞いた事があります。その通りかもしれませんね！　私達二人、これで良かったのですね！　でも一度一度だけ女として妻として、貴男の妻として生きてみたかった。貴男の子供と共に幸福な生活を夢見た女でした。そしてその想いは今も続いています。女として妻として一度でいい、浦を「あなた」と呼んで貴男の側で甘えたい、貴男の横で眠りたい。この様に、眠れぬ夜、切ない胸に苦しむのは妻子ある男を愛し続けている事の天罰でしょうか？　いくら今の貴男に妻子があろうとも、愛しているのは昔の貴男、結婚前の貴男なのです。私の心の中の貴男は今も独身です。昔のままの浦なのです……いっそ、狂ってしまいたい私なのです。

六月九日　貴男の二十四回目の誕生日はすでに過ぎた。貴男と一言の話も出来なかった事は何と辛い事。あの日の切なさ……貴男に逢いたいその想いをどうする事も出来ない。もうすぐ田舎に帰れる、貴男に逢える。しかし本当に逢って良いものでしょうか？　逢ってはいけない事、それを乗り越えて逢引する事は、いけない事なのですね！　早く貴男以外の男を愛する様に努力しなければ……貴男を忘れなければ。そう、傷つくのは乙梨恵だけ、馬鹿な女だ。切ないこの想いを誰か助けて……乙梨恵は悪い女。

多少なりとも私に想いを寄せてくれた多くの男達。浦の他は殆ど乙梨恵を愛してくれ、私が傷つけた男ばかり（お前が勝手に思ってるだけ）。これからは私が傷つく番なのかな？　こんな女が、十八人もの男の気持ちを捕らえてしまった？　その内、はっきりと五人からはプロポーズ的な事を言われている。しかし私が本気で愛したのは浦だけ、後は遊び?じゃ無いけど、浦を忘れる為の者。ごめんなさい！　早く誰かを愛したい。
六月三十日　田舎に帰省で梅に見送ってもらう。
七月一日　曇りのち雨　雄二と朝九時に人丸で待ち合わせの予定がバスに乗り遅れ、一時間近く遅刻して、すでに雄二は居ない。電話ボックスの中に居ると雄二が来る。私が居なかったので連絡も付けられず、もしや汽車で行ったのではと思い、長門まで行って来たらしい。二人で津和野までドライブ……奥さんには仕事と言ってるらしい。帰り笠山からアベックコースで二人きり、写真を撮ってくれたり、歩いている内に雄二の心の秘密を打ち明けてくれた。奥さんの浮気を知って可哀そうな雄二。帰り大浜へ車を止めて、話の続き……雄二に迫られるが、私の心には浦しかいない。それは一番雄二が分かってるはずなのに……八時過ぎて帰る。もう逢わないつもり。
七月三日　曇り雨　逢わないつもりがまた雄二に逢ってしまう。彼が仕事を終えて五時頃、人丸で逢い青海湖へ。雄二は前以上に乙梨恵に引かれてきたという。奥さんと別れて一緒になりたいと言うが、その気は無いと断る。そしてまた浦の話「浦に電話しそう」って言ったものだから大分心配してた。夜のドライブに誘われ断ったけど、危険な関係になりそうで、それだけは嫌と拒む。無理やり最後まではしなかった。その後九時頃、恵の家に電話して泊めてもらう。
七月四日　曇り　お昼過ぎて恵とショッピングプラザへ。一度浦に電話するが居なかった。三時過ぎ雄二と偶然出会う。四時のバスで小郡に帰る恵を見送り、もう雄二とは逢うまいと思っていたのに、また萩方面にドライブしてしまい、九時過ぎに帰る。
七月五日　曇り　こりもせず五時過ぎ雄二とまたもや逢い長門から伊上岬へ。私が余りに可哀そうと浦の職場の近くに行き、逢わせてくれかけたけど、やはり逢えない。
伊上岬で潮騒に包まれ時を過ごし、思いかねて九時半頃浦に電話してくれ、浦が出たけど側に奥さんがいたのであまり話が出来なく明日電話くれると。家へは十時頃帰る。
七月六日　曇り　お昼過ぎに浦より電話、昨日の事で怒られると思っていたのに逆に謝られちゃった。昨日は奥さんが居て今日は父が居た為に、あまり話が出来ず、また夕方電話すると言ってくれたけど雄二との約束の為、買い物に出ると嘘を言って断る。終に逢えなかった。五時頃また雄二と逢い長門へ、林の家の小鳥の餌を買いに行き、また伊上岬へ。雄二の腕を借りて散歩し何故か知らず泣いてしまう。雄二ごめん！　泣きながら波打ち際に走る乙梨恵を抱きしめてくれる雄二、彼の強い腕の中、雄二は私の事を本気で好きになり、奥さんと別離《わかれ》たら乙梨恵を引っ張るからと……せがまれるが抵抗すると「他の女なら無理やりにでも出来るけど、お前だけには出来ない！　お前を本当に好きだから、お前には幸福になってほしいから……俺と一緒になってくれないのなら、お前が好きで結婚する相手が見つかるまでは絶対に守り通せ！　違うからな男は！　浦には絶対に許すなよ！　お前を不幸にするだけだからな！」と、雄二を絶対に裏切らないと約束する。二台の車が来てライトが消えた。男達が七、八人近付き恐い。最初は二人離れて歩いたけど、男達から庇ってくれて強い男で良かった。もうこれ切り逢えないのかと思うと淋しい。雄二と居ると心安らぐ。以前、私が身に付けてる物が何か欲しいと言って渡したペンダントも大切に身に付けて。お酒も乙梨恵の為に止めるって。せめて二人で旅したいと言っている。もしかしたら鳥取に、二泊位で行くかも？　少し恐いけど、彼は私次第。
七月七日　晴れ　今日は大阪へ帰る、十時のバスで人丸へ、浦の職場に電話したが居なかった。雄二のお蔭で浦の事を少しは忘れられるかも。雄二の様な独身者に逢いたいな。そういえば雄二の車は、私の為に買った様な物だって。奥さんには悪いけど、奥さんもそれだけの事をしているものね。忘れていたけど噂で、浦の家「村八分」的になってるらしい、それも奥さんが、頭が高いばかりに可哀そうに、だから私が嫁に来れば良かったなんて思われるんだ。また話は変わるけど男の人から見ると、私って可愛らしく見えるらしい。嬉しいけど、何故かな？
七月八日　一週間連休も終わり今日より出勤、仕事が手に付かず辞めたくてたまらない。早く田舎に帰り、そして女の幸福とやらをこの手に掴みたい！　梅に電話し、浦に電話した事だけ告げたが雄二との事は何も言えなかった。本当は相談したかったのに。雄二と逢って私の川は二つに別れたようだ。まさかと思うけど浦の事より雄二の事で胸が苦しい。
七月九日　夕方、雄二に電話した。もう懐かしいが、雄二の気持ち？　今度は私が雄二のピエロかな？　浦に渡してと頼んだハンカチまだ渡して無いみたい。でもいいの、浦も雄二も二人共、奥さんがあるのに、そんな二人に恋してしまうなんて。しかも友達でどちらとも結婚なんか出来っこ無いのに、どうすれば良いのかな?.辛いだけ……。

七月十日　雨　梅と七時半に堺東で待ち合わせ、お好み焼にチョコパ食べて田舎の土産話。雄二との事も話して九時半頃帰ると雄二より電話があり、明日電話くれると言ったけど明日は残業。何かあったのかな？　それとも声を聞く為？　どちらにしても明日。

七月十一日　残業の為に雄二からの電話が受けられず、こちらからも出来ない、雄二となら最初は辛いけど、今なら逢わずともいける。これからきっと他の男を好きになれるでしょう。浦とも雄二とも関係の無い誰かと早く結婚して幸福が欲しい。

この頃か？定かでは無いが、私が休みの日に理が遠くから私を驚かせる為か？連絡もせず売場に来てくれたらしい。先輩が対応して「松は休みだから代わりに私ではどう？」と年下の彼を誘って、からかった様で、それから二度と来なかった。浦も逢いたくて誰にも告げずに私にも言わずに突然来て、一度だけ売場に電話をしたらしいが連絡が取れずに、やはり良くない逢うべきでは無いと諦めて帰ったそうだ。再会後に知らされた。

七月十三日　交休で三時位までうとうとし、四時過ぎよりM洋子ちゃんとパンジョへ他店見学、M洋子ちゃんの彼の話を聞き、詩を見せてもらう。私も浦との事を多少話す。早く本当の彼が欲しい。明日朝、早く行って雄二に電話しよう。

七月十七日　交休、一日寮でぼんやり。八時頃雄二に電話する、浦にハンカチを渡してくれてありがとう。でも何だか不安、浦を忘れる事の出来ない自分が切ない。ハンカチをプレゼントする事には「関係を絶つ」別れの意味があると聞き、プレゼントした。

八月十五日　仕事を終えて七時二十五分発の新幹線で田舎に帰る。小郡まで雄二が迎えに来てくれた。二人でドライブして秋吉の方を周って帰ると暴走族に遇う。恐かったけど雄二がいるから大丈夫。途中モーテルに誘われたけど断り大浜まで帰る。明日は成人式。

八月十六日　成人式に行き皆と会う。雄二に会ったけど遊びに行く気がしなくて、友に送ってもらう。夜、体育館で同窓会。理に電話しても居ない。

八月十七日　朝八時前、雄二より電話。仕方なく十時三十分の約束をして、その後八時過ぎに理より電話。その後、茂からも電話。理に逢いたいので雄二との約束も無視して少しの時間、理と阿川の方までドライブし、理に雄二と逢う約束をしてた事を言って送ってもらう。ごめんね！酷い女だ！　そして雄二とも少しドライブして別離《わかれ》話する。これきり別れる事にした、二度と逢わない！

八月十八日　姉さんと玲奈と長門へ。浦に電話して七時に人丸で合う約束をする。伊上岬の砂浜で肩を寄せて歩き、昔の恋人同士に戻れたみたいに……おぶさったり、抱っこされたり、はしゃいでとても幸福、抱き合い求め合う二人……浦の腕の中で、この命、散らしたい。月に一度だけ電話をしてくれる約束をする。

八月十九日　誰にも逢わず、誰にも電話せず一人大阪へ帰る、この上なく淋しい。

九月二十二日　ギリシャにてAという男、他二人と知り合う、家業の後継ぎだそうだ。二十四歳でなかなかいい男だった。

九月二十三日　梅とAさん達と五人で京都へドライブ、今日はAさんと二人だけでデートの予定だったのだが、残念ながら皆一緒になっちゃった。でもとても楽しい一日だった。だけど最初で最後かな？

十月二十七日〜十一月一日　金沢の伯父の家に遊びに行く。

十一月八日　夜からファッションウィークと仕入れの為に東京へ。東武高輪ホテルに二泊、一日目は一人で、二日目は先輩と主任、係長と共に。昼と帰りは主任と二人で行動。

十一月十六日　売場の運動会で雑ヶ崎、南風ホテル泊、スケート、ビリヤード等で遊ぶ。初めての事ばかり……宴会でお酒の飲めない私は、お茶と言ったら、「乾杯するのにお茶があるか、少し位飲めないでどうする。付き合いも大事だから……」と言われて無理やり口に持っていっただけで、匂いにえずきそうだったのが、その後、梅にディスコ等に連れて行ってもらい、フューズ物等から少しずつ飲む練習をして親の子だね。今では、お酒も遊びも知らなかったそんな私が派手に見られ、遊びを教えてくれた友はおとなしそうに見られ、私はいつも遊び人に見られたけどそれが嫌では無かった。人間見た目じゃないからな。

昭和五十二年十二月三十日〜一月三日　帰省

一月九日、十八日、十九日、二十二日、ロンでバイト。一度スナック等で経験してみたくって、その頃お付き合いをしていた彼に、行き付けの店を紹介してもらい、始めた。

一月二十三日　M、E、S、H、K、梅と七人で京都〜琵琶湖をドライブ。

一月二十六日　雨　一日寮に居た。三時頃、高橋さんより電話で仕事が終わり次第会いたいと言われたが、気乗りしないので断り金曜日にでも、と約束する。先日、一月九日に神《かみ》さんとYちゃんと梅と四人で合った事を怒って、あれきり神さんと連絡してないと。私には全く怒ってないらしいが、私が高橋、M、神、Uさんを両天秤に掛けてるみたいに思われ嫌な気持ちになったが、そう思わせて申し訳ない。

二月十一日　M、E、H、梅と五人で和歌山へ。

二月十六日　ロンで知り合った佐藤さんと「赤い靴」を見に行く。

二月一日、二日、三日、十五日、二十二日　ロンでバイト。

三月十六日　佐藤さんとドリームランドへ、お化け屋敷とか、私が嫌がる所ばかり行きたがるのでスッカリ冷めた。

三月二十三日　床主任のお宅に皆で押しかける。

三月一日、八日　ロンでバイト。

三月二十六日　高橋さんより電話。

三月三十一日　高橋さんが結婚してると梅より聞く。

四月五日　神さんに電話して、高橋さんの結婚の話は嘘だった。ロンへバイトに行く。

四月十日　床主任の送別会をガイエガイでする。

五月三十一日〜六月八日　八泊九日　北海道・最果ての旅……二十一歳。

一二三さんと若さゆえの無謀な旅だった。自分達でプランが立てられないので交通公社にお願いする。大阪から空路札幌へ。網走の案内所で聞いていたら、居合わせた男の人が網走刑務所に出入りしている人らしく、案内してあげると刑務所の門まで車で案内してくれて、その人は中に用事があるので私達は門の外で待つ。それから暇だからと、刑務所を取り囲む山、どこまで走ってもまだ刑務所の敷地。どんだけ〜広いんだ。広範囲な周囲を巡り、脱走の事とか？　いろいろ教えてくれて、小清水原生花園等までドライブで連れて行って頂く。良い人で良かった。函館の夜景を見て夜汽車で稚内〜利尻・礼文・サロベツから周遊して、知床で「ペレケ知床」に泊まり、そこの主人が私達のプランを見て、北海道を知らない者が組むから、北海道に来てから組まないと今が分からないからと言って、面白いプランに組み直してくれた。まず夕日のコースで、ほっけ釣りに、馬鹿チョン釣りと言われたのに一匹も釣れずショックで帰ったら、朝早く起きれたらサービスで、朝日のコースにも無料で連れて行ってあげると言われ、他のお客さんも誘い行くと、名の通り、次から次と馬鹿ほど釣れて楽しかった。知床五湖に行ったら、「二時の虹」を見に行けと。五湖を周り、時間が無いので無理やり車の前に飛び出して止め、訳の分からない事を説明して、その人も巻き込み、進入禁止の所を教えてもらった様に入って、二時の虹に間に合った。感激したが無茶過ぎる。紹介して頂いた、川湯パーク牧場に荷物を置いて、摩周湖から時間が無いのに阿寒湖に行って、観光船に乗ったら最終バスに絶対に間に合わないのを承知でマリモ見たさに乗り、当然バスは無いのでヒッチで帰るが、乗り継ぎヒッチしてたら途中で降ろされた所が山の中。暗くなるし車は来ないし泣きそうだった。かなり時間は掛かったが何とか辿り付け、宿の小父さんに自分の娘の様に、こっぴどく怒られた。「つい先日ヒッチで殺人事件が起きたばっかりなのに、何を考えてんだ！」と、知らなかったとはいえ一歩間違えばと思うとゾッとした。若さゆえの無謀な旅だった。

一羽のかもめ

今わたしは　大海原を渡る　一羽のかもめ
どこまでも　果てしなく続く　水平線
都会の騒々しさを　忘れさせてくれる
どこにいきつく、あてもなく
私を　呼んだのだろうか
サロベツの自然が……

生命　閉じたい

誰にも見守られず　　知る人のない土地で　　ひとり静かに
最果ての港を一目見て　　白樺並木に　　心うたれて
孤独に先を急ぐ　　病むこの身も忘れて　　人々に背を向けて

二度と逢うことのない　名も知らぬ　田舎を通り
私はひとり　最果ての町をめざして……

五月十四日　ロンでバイト。
六月十七日　浦より電話。
七月八日　神さんより電話で高橋さんと会ったと言うが、すでに会ってるのに嘘ばかり。真実が知りたくて会って話がしたいのに、何も教えてくれなかった。来週水曜日に飲みに行こうと言うが、高橋さんも一緒ならばという。夕方、泉北で旗《はた》さんとデートの約束。
七月九日　梅より電話で高橋さんの事、よく分からないけど結婚してるとか？　嘘か本当か？もう何が何だか分からない。切なくて堪らなく誰かに逢いたい。目茶苦茶遊んで全てを忘れたい。私は騙されているのでしょうか？　誰か教えて……こんな時やはり浦に逢いたい！　初恋を教えてくれた心の恋人、浦は私の全て……悲しい時も嬉しい時も想い出すのは浦の事ばかり……貴男との愛をこのまま続けたい。ただ側にいるだけで幸福感じる貴男。
七月十日　今夜は同室の一二三さんは外泊なので私は一人寝、一人は淋しいけれど何もかも忘れて好きな事が出来るので嬉しい。最近は淋しくて虚しくて切なくてどうしようもない。誰かに逢いたい……高橋さんの真実も知りたいけど、心の恋人、浦に逢いたい。
七月十一日　今日また職場に全く聞いた事も無い男より電話。植田と名乗ったらしく後で電話すると言ったそうだがそれ切りだ。その後、旗さんより二度電話があったが会う気にならず断る。明日も電話が有りそうだが何て断ろうか？　憂鬱で今夜も眠れそうにない。

七月十二日　母より電話、按摩器が届いたそうでとても喜んでくれて嬉しい。有田さんが結婚したと聞き羨ましい様な気もする。他人や友人の結婚話を聞くと、自分はこれで良いのだろうか?と思う。明日は休みで神さんより電話がある予定だが、嘘を付かれたのかな？　何処かに素敵な理想の男が現れるまで、今は誰とも交際したくない。

七月十三日　寮で寝て過ごす。最近は誰とも付き合う気もせず、何もかも忘れる為に全てを清算したい。明日から手芸でもしようかな。三時過ぎか？　神さんの電話で出かける。約束の場所に五時に行くがお店が閉まってた。外でウロウロしてたら議員バッチを付けた小父さんに誘われ、無視したが恐かった。六時過ぎにママが来て、神さんも来て、この頃の私はまだお酒に弱く、お猪口一杯で足が取られ、駅まで送ってくれようとしたが、気付けばホテルの前で連れ込まれかけ、思わず目が覚め振り払い蹴飛ばして、必死で帰った。

七月十四日　眠れなく辛くて堪らなく、レース編みを始め、朝方四時頃まで編んでた。

七月十五日　最近不眠症の様な感じで眠れない。仕事をしてても身体がしんどくて仕方ない。何をしても陰鬱で息をする事さえも苦しい。死んでしまいそう……誰か助けて。

七月十六日　クレールバーゲンの為、大変な残業が始まった。また今日も旗さんから電話あり、心が落ち着かない。全ての男と別れて考えてみたい。

七月十七日　クレールバーゲン準備の為、残業、ホットパンツでする。お取り置きが多くて、また赤字。心の傷はなかなか癒えず、早く寝よう。
七月十八日　クレールバーゲン始まる、沢山のお客様で目が回りそうだった。
七月十九日　寮のB棟のお風呂の件で舎監と口論になるが、私の勝利、素直に謝れよ。
七月二十日　昨日の続き、舎監がしつこく私の間違いだというが私も言い張る、負けてたまるものか。伊豆に飲みに行き、そこで知り合った人に送ってもらう。
七月二十一日　お風呂の事でスッキリしないのでアンケートを取る、やはり舎監の間違いで私の勝利。正しい事は正しい。明白なのに舎監に突き出してやる（気がきついね、後日怨んでシッペ返しをされる。若さで、いくら正しいとはいえ怨まれる事は良くないな！）。
七月二十二日　先日の件で今日、舎監に証拠を見せたがそれでも自分の間違いを認めない、人間性の全く無い人だ。早く首にしてやりたい、このままでは済ませないつもり。私は間違っていませんね、神様教えて下さい（いくら正しくても少しは大人になりなさい）。
七月二十三日　今日も平凡な一日、毎日毎日ふざけてしている自分が馬鹿馬鹿しい、職場ではいつも三枚目を演じて、寮に帰れば二枚目の私。自分の私生活が虚しい。
七月二十四日　今レース編みをしてて今夜はやけに浦に逢いたい。お盆に迎えに来てくれないかな？　旗さんより電話があり、付き合いたくない事を仄めかす、ごめんなさい。
七月二十五日　職場で気分が悪くなり早退する。保村さんのご主人が丁度来ておられ送って下さる。夏ばての様で身体がしんどい。恵から手紙あり。
七月二十九日　肩が痛んで力が出ない、肩に力が無い、悪い病気に蝕まれている様だ。
八月九日　駅で熱心というか、しつこいセールスに摑まり、英会話を習う事にした。
八月十日　ようやくレースの大作が出来上がり、また次の編み物をはじめた、今はそれだけが心の安らぎ。生きてる事が辛く虚しい。
八月十四日～十七日　帰省の為、五時に売場を出させてもらう。小郡まで浦が迎えに来てくれた。彼がすぐに分かるのか心配だったがすぐ分かった。荷物を持ってくれ、車に乗り夜のドライブ。想い出の大浜で0時過ぎまで彼と二人……愛しているのに、ただ優しく抱きしめ抱擁してくれるだけで幸福だった。
八月十五日　恵に逢う為に仙崎に行き、恵宅で一時間あまりお喋りをして六時のバスで帰る。八時頃同窓会の電話があり、敦子達と浜本さん家の納屋の二階を借りて、皆で四時頃まで飲み食いしながらお喋り。田舎者の私が、皆からモデルみたいと言われ有頂天。
八月十六日　昼まで寝ていた。玲奈が五月蝿い、でも懐いて可愛い。夕方浦より電話があり七時半に市場で待ち合わせ、過去行った事の無い下関の方の浜へ夜のドライブ。誰も居ない海で彼の胸に包まれ幸福。浦と居る時だけが世界一幸福、至福の時、静かな所に車を止めて「恐くないか？」の声に首を振る。久し振りの彼の唇……愛してる、彼の手が乙梨惠を興奮させる。二度目の……でも彼は入れなかった。乙梨惠の言う事は聞いてくれる。二人の為に、でも本当は奪われても良いと思っていた。彼が上で抱いたままどの位の時間が経ったのか？　浦にだけは何をされても恐くない、全てを奪われても……浦が好き。浦の腕の中にいる時が一番幸福！　浦を忘れるなんて出来ない。「乙梨恵と結婚したなら、一日夜から夜中、明け方までも乙梨恵をダウンさせる！」という。本当にそうして欲しいし浦を乙梨恵だけの物にしたい。このまま愛する浦と二人、何処か遠くへ行きたい。二人は切っても切れない縁の糸で結ばれているのだろうか……愛する想いは募るばかり。雨は降ったが浦が乙梨恵を歓迎してくれたから、それだけで充分。

八月十七日　もう今日は浦と逢えません。満員の新幹線で大阪へ帰る。浦に逢いたい、毎日でも逢っていたい。

八月十八日　また仕事が始る。浦の事が頭から離れない、逢いたい。でも他に誰か。

八月十九日　一二三さんが帰って来た。それよりも浦に逢いたくて声が聞きたくて。

八月二十日　職場に伊豆のママから電話があり、久し振りでとても嬉しかった。

九月三日　ロイヤルホテルにて、チェリー・ミュグレーのファッションショー……素晴らしさに目を見張る。ミュグレーに憧れ、素敵な彼と出逢いたいな。

九月九日　久しぶりに浦より電話、甘い声に癒される。

九月十三日　ロンでバイト。

九月十六日　浦より電話。

九月二十六日　午後九時少し前、浦より電話で、富士山に登ったらしい。

十月十一日　浦より電話で、正月に奥さん達が旅行に行くかも？で帰れないかと。
十月十二日　売場よりドリームランドへ行く、皆はしゃいで若いな。
十月十八日　浦より職場に電話。
十一月二日　大塚さん家にみかん狩りに行き、何もかも忘れて楽しくはしゃぎ若返る。
十一月十一日　今日よりマラソン始める。
十二月二十三日、二十四日　浦より職場と寮に電話。
十二月三十日～昭和五十三年一月九日　帰省　梅とビジネスホテルに泊まり一緒に帰る。
大晦日　小郡まで浦が迎えに来て、長門から二人になり仙崎の方へドライブして帰る。
昭和五十三年元旦　寝正月
一月二日　父母と県本部へ。同窓会には行かなかった、というより行けない気分。
一月三日　浦と午後二時より八時頃まで日の山へ、昔の二人に戻れたみたいでとても幸福な一日でした。
一月四日　梅は大阪へ帰る。恵とプラザで逢い、その後、茂ちゃんと逢う。
一月六日　茂より電話あり、長門の喫茶店で逢う。茂と話ながらも浦の事が気になる。ふたご座の人は、一所に二人の人を愛する。二つの心があって共に違う事を思うと占いにあったが、まさにその通りと思う。
一月七日　淋しく一人寝てて、夕方、浦に逢いたいあまり職場に電話するが休んでた。

一月八日　長門にお土産を買いに行き人丸で浦に電話する、六時半に長門で待ち合わせが出来て嬉しい。人丸で茂とバッタリ会い、長門まで一緒に出るが微妙な気持ち。浦と逢い、腕の中にいる時が一番幸福。
一月十四日　茂より手紙が届く。
一月十五日　梅の寮に外泊する。
一月十六日　チケットを頂き、梅と初めて宝塚へ、「風と共に去りぬ」を観るが、初めてとは言え、二部構成と知らず、一部だけ観て帰る（中途半端に気づけよ！　お馬鹿だな）。
一月二十五日　お風呂で貧血して仰向けに倒れ、洗面台の角にすれすれで助かる。
二月十一日　朝、浦より電話あり、逢いたい。
二月二十六日　野村さんと知り合う。音楽が趣味なようだ。
三月八日　野村の部屋、沢山のレコードが有り聴きながら迫られ危なくなり怒って帰る。
三月九日　野村より電話で謝ってきた。
三月十五日　野村が謝ってきたので、また部屋に行くが同じ事。
三月十八日　野村の事、思い続けられそうにないので、お付き合いを止める。
三月二十日　梅とボトムラインへ。この頃、よくディスコに通うようになる。
四月一日　梅とギリシャからベルファンへ。
四月二十六日、二十七日　二日続けて、ディスコＢ＆Ｂへ。

五月五日　梅と吉野へ神社仏閣、山歩き。
五月八日　支店長達とビヤガーデンへ連れて行ってもらう。
五月十二日　ディスコ・ピックアップへ行く。
五月十九日　浦より電話。
五月二十五日　バンブーハウスへ。
五月二十九日　店長とビヤガーデンへ。
六月六日〜十四日　信州。
諏訪・霧ヶ峰・白樺湖・蓼科牧場・清里・小諸・軽井沢（ヴィラ斉藤）・塩沢湖・白糸の滝・善光寺・戸隠中社・志賀高原・白根山・鬼押出し・軽井沢高原教会・松本城・上高地・ねざめの床・赤沢美林・妻籠・馬籠・藤村記念館。美女三人の初めての旅。清里では清泉寮で子牛と戯れ可愛い喫茶でお茶をして……駅員と親しくなり夜遅くまで駅舎で雑談を楽しみ。軽井沢はヴィラ斉藤で優雅にお泊り。翌朝サイクリングの予定だが、自転車に乗れない私は一人で待つのは淋しいので、乗れない自転車に初挑戦、転びながら足は傷だらけ血も出てパンストもぼろぼろ……若さゆえそれでも楽しく。白糸の滝では遅くなりヒッチハイクして。戸隠でおじさま方（お偉いさん？）に誘われ、コースを変更して大型ワゴンに同乗、雄大で最高な景色堪能の志賀高原〜神秘の湖、白根山。コンパニオンのつもりか？　友達は少しセクハラされたが懐かしい想い出。軽井沢高原教会では森の中の結婚式が二組、最高のロケーションに白馬の馬車に揺られ羨ましい。こんな結婚式したいな！

　静かな山の中の赤沢美林、大自然に包まれて子供のように水と戯れ、川遊び……。

　上高地、雄大で澄み渡る美味しい空気に最高なロケーション。ところがここで悲劇が待ってた。行き当たりばったりの宿を決めない旅で、高級ホテルには泊まれず、それまでは何とかなってきたが、ここのお店で聞くと、ここには民宿も無いという。キャビンを紹介されそこで我慢。夜は遊ぶ所も景色も無い、ただ暗闇の世界……夕方暇に思っていたらお店で働いていた男子が誘いに来て、近くに画家さんのアトリエがあり今留守で空いている、そこで一緒に飲まないか?と。最初は断ったがお店の人だし、相手は二人こちらは三人、持て余してるし行ってみるかと、行ってビックリ相手も三人。スクラム組めば大丈夫と談笑に終わるつもりが、私達の泊まったキャビンが遭難者の死体置き場だとか、恐い話を沢山され脅かされて、私ともう一人は気丈に振舞ったが、一人がお酒に飲まれベロベロになり、そろそろお開きにしようと私はトイレに行き、「私が戻るまで絶対に待っててね！」って強く言ったのに、戻れば男子が一人……「皆を何処へやったの?」と問えばのらりくらりで話にならず、怒って真暗な外へ靴もまともに履かず突っ掛け飛び出して、男子は「暗くて一人で帰るのは無理だから」と言うが、私は跳ね除けて溝にはまり、男子は諦めて介抱してくれるように見せかけ、私達のキャビンに連れて行くと言いながら違う方向へ行こうとして、方向音痴な私がこの時は、何故か来る時からしっかりアンテナを張っていて、「私のキャビンは、そっちじゃないあっち！　一人で帰るからもういい」と歩き出したので流石に諦めたとみえて着いてきた。帰り着いたとホッと一安心も束の間、鍵は掛かったままで先に帰ったはずの二人の姿も無い。男子は皆何処かへ行ったし自分達もと迫ってくる、抵抗している所へ一人が帰って来た。今度こそホッと一安心と思ったのも束の間。鍵を受け取り中に入ると男子だけが付いて来て友の姿が無い、「友達を何処にやったの？」と聞けば、「また何処かへ行った」と、呆れて物が言えない、「一人で待てるから帰って」と言ったが一緒に待つと言い、そしてまた迫って来た。何度も大声上げて激しく抵抗し、諦めたかと思えばまた……危機一髪、ドアをどんどん叩き「ここを開けなさい、何してるんですか、開けないと警察を呼びますよ！」と何度も男の声。丁度隣りのキャビンを使ってた大学生達で、最初はふざけていちゃ付いてると思ったらしいが、「助けて〜！」と繰り返す余りの大声に、これは尋常ではないと気付き助けに来てくれたと。恐くて震える私に、「今恐い目にあったばかりだから自分達も信じられないだろうが、ここで一人で待つよりも自分達の部屋には女子もいるので、友達が帰って来るまで是非どうぞ！」と言ってくれ、何も考えられない私にアドバイスもしてくれ、貴重品等だけは友達のも持って、隣りに居るとメッセージを残し、お布団も運んでくれて、隣の部屋に入っても入り口で小さくなっていたら、「僕達は寝袋で離れてるから、眠れないだろうが女子の側でお布団に入って」と優しく。随分時間が経ち外でドアを叩く音、一人の友が帰り迎えに来てくれた。助けてくれた男子が「何処に行ってたんですか？　友達を置いてこんなに夜遅くまで、友達がどれだけ恐い目に遭って震えていたか、今夜はこちらで預かりますから帰って下さい」と、あんなに優しかった人が真剣に怒鳴って怒って、友達は何も言えず。私は「有難うございます！　ご迷惑をお掛けしてすみませんでした。私帰ります」とお礼を言うと、友に男子は「守ってあげて下さいね！」と優しく。二人で部屋に帰ったが、いつまで経っても、もう一人が帰って来ない。探しに行こうかと外に出てみたが、真暗で方向もさっぱり分からず待つしかないと諦め、待っていたら夜明け近かっただろうか、ふらふら茫然として帰って来た。服には藁のような塵が付き、二人で介助する。背中が痛いというので見たら、ぐさりと刺された様な痕から出血。何があったのか聞くと全く覚えてないと……何処かふわっとした所に落とされた様な気がするけど、酔ってて何をされたかも全く分からないと。何を考えてんだか？　多分小屋に連れ込まれ抱きかかえられて、藁の上にでも落とされた所に木の鞘のような物があったのでは？と想像した。翌朝、昨夜飲んでた時の約束で男子が誘いに来た。あれだけ酷い事をしておきながら、私は怒りの鉄拳で追い返した。今日は皆でドライブの約束をしていたが当然断りバスで帰る。なのにしつこくバス停まで来たが無視していたら、一番酷い目に遭った友は呼び出され、折角来たし可哀そうだからと庇い話だけと車外に出て……あんたドンだけの事されたんだよ！　呆れて物がいえなかった。彼氏がいるのに自分の職場を教えてその後逢いに来たようだ。人生いろいろで結局、元の彼氏と結婚したけど、無謀過ぎる旅でした。

八月三十日　尻無浜《しりなしはま》ちゃんと「スター・ウォーズ」を観に行く。

九月六日　胃痙攣の為に士師病院へ。部屋で一人の時、余りの痛みで声も出せず悶え、誰か助けてと叫ぶが声にならず、ドアまで何とか這って行ってそこで失神。誰か見つけて……救急車で運ばれ、モルヒネを打たれた様で、気付いた時には病院のベッドの上だった。あのまま倒れたまま淋しく死ぬのかと思った。この頃から下痢が続いてた。
九月十六日十七日　羽衣荘で特別御招待会。
九月十八日　M洋子ちゃんと逢う。
九月二十三日　血尿が出る。綺麗な鮮血だった。たまたま見たドラマで、綺麗な色のおしっこが出た子供、命の終わりを意味すると……私も終わりかな?と思い、今まで生きれた事に感謝で、それならそれで良いと思ったし、生への執着は無かった。
九月二十八日　着物が欲しくて買いに行き、成人式も過ぎたのに振袖を勧められ買った。
十月四日　同僚の板谷さん所へ、売り場の皆で芋掘りに行く。
十月五日　突然、母より悲痛の電話……父が私を殺して自分も死ぬとわめいていると。世間に顔向けが出来ない事を私がしたから、そんな娘を生かして置く訳にはいかないから、乙梨恵を殺して一緒に自分も死ぬのだと……訳が分からなかった。私が何をしたというのか?と聞くと「自分の胸に聴いてみろ!」と、「分からない」と言うと、雄二の奥さんが仲人さんを連れて家に殴りこんで来たと。奥さん泣き喚き、「お宅の娘はとんでもない女で、他人の旦那に手を出してそのかし、だから主人が、乙梨恵と結婚したいから別離《わかれ》てくれと言ってる。娘をどうにかしろ!そうしないと世間に出れないように言いふらしてやる!」と喚き散らして帰ったらしい。浦の奥さんが相手なら理解できるけど。私は両親に「心配しないで、そんな事言った覚えは無いし、直ぐに帰って自分で対処するから」と言い、直ぐに雄二に電話して「どういう事？　私ははっきり断ったよね」と言うと、雄二「すまない、実は他の女と出来て、その女に迫られてるけど、俺が一緒になりたいのは乙梨恵だから、つい乙梨恵の名前を言って……」。私「ついじゃないでしょう！　その女と本当に結婚したいの？」。雄二「いやその気は無い」。私「訳が分からないよ、私訴えるかも知れないよ。取り合えず帰るから、その時に話そう」と言ってはみたものの、もう頭が真白……。

丁度、恵の結婚式で帰るから……だけど結婚式どころじゃないな！

十月八日　七時十四分新大阪発、九時五十八分小郡着の新幹線で帰る。雄二に迎えに来てもらい、帰りたくないと言うし、詳しく話もしなくてはで長門峡へ。相手は因りによって奥さんの親友、雄二の気持ちを確認の上、まず奥さんと私が二人で話して、その後その女とも会わせてくれと言ってはみたものの、恐いな！　どうなるんだろう？　腹を括るしかない。帰ったのは九日の午前四時頃だった。

十月九日　一日、家に閉じこもり。

十月十日　恵の結婚式、スピーチに歌でお祝いする。三時半頃、梅と雄二と三人でドライブして喫茶店巡り。夕方、浦も来て四人で人丸のダムの所に行き、私は浦と二人で話す。遅くなったので一度家に帰り、梅宅へ午後九時頃泊りに行く。

十月十一日　時間は忘れたが、長門駅で雄二の奥さんと待ち合わせて、会うなり怒鳴りだしたので、逃げも隠れもしないから喫茶店にでも入って話そうと、喫茶店でコーヒーを注文し座るや否や、辺りのお客さんも無視して大声で怒鳴り出す。一斉に注目の的だが我慢するしかない。他のお客様とお店には迷惑だったが、気が済むまで黙って我慢して聞いていて、言いたいだけ言わして少しはましになった頃、「私も言わせてもらっていいですか？」と前置きして、「私は御主人と友達で、確かに結婚して欲しいと言われた事もあったけど、私にその気は無いとはっきり断っているし、あなたにそこまで言われる筋合いは無いし、ましてや実家の両親まで巻き込まれて、あなたを訴える事も出来るし、そうしようかとも思っています」と言うと、奥さん「知っています。浮気の相手があなたで無い事も、『離婚』って言われた時、友達が憎いけど、でも主人が好きなのはあなただから、別れたらあなたと……と思ったらそれが許せなかった。ごめんなさい！」としおらしく謝ってきた。私「分かってるなら何故？　ご主人はあなたの浮気も知ってるし、もう一緒に居たくないって言ってるけど、それでもやり直したいの？」。奥さん「やり直したい！」って言う。

ここまでされたのに、彼も奥さんとは話せないって言うし、中に入り彼に話してあげる事にした。まず、浮気相手を何とかしなくては……で彼女を誘い出してもらって、四時頃に雄二より呼び出しで千畳敷へ行く。彼女もまさか私が居るとは知らずに来た。まず彼女の気持ちを聞いたら「どうしても彼と一緒になる！」って言ったけど、はっきりと彼にその気は無い事を告げたが

「そんな筈は無い！」の一点張りで、可哀そうだけど最後の手段！　私「あなたには悪いけど彼の想い人は私で、あなたは遊ばれただけなの。あなたと一緒になるつもりは全く無いし、今の内に諦めた方があなたの為でもあるの。このまま続けられたとしても、泣くのはあなたなのよ。悪い事は言わないから諦めて、他の男を捜して」とか可哀そうだったけど厳しく言ったから、私を鬼の様な形相で散々罵り、大声で泣きながら罵倒して「許さない！　一生怨んでやる！」って喚き、泣きながら駆け出し、車をフルスピードで走らせ帰って行った。事故しなければ良いんだけど。厳しかったけど何とか別れさせて、彼にも二度と逢わない様に釘を刺して、それからまた二人で八時頃まで話す。

そして、奥さんと雄二と同席で話したかったけど嫌だというから、それぞれ何度も別に私が行ったり来たり、離婚する前に別居してお互いに冷静に考え、それからまた考えましょうとの提案に両方が納得してくれて、まず別居してもらった。

私は大阪に帰らなければいけないので、酷い目に遭わされたのに、私の母に後の面倒をお願いし、母も聞き入れてくれてお世話してくれた。とんだとばっちり……。

それから暫くして、奥さんから電話があった。何を思ってか？「主人とは別離《わかれ》る事にしました」それでしおらしく、奥さん「お願いがあります……主人と結婚して下さい」と。なに言ってんだか？　奥さん「他の女なら嫌だけど、貴女なら許せるし是非お願いします」と。「私にその気は全く無いと言ったはずです」と断り、私「もう少し別居してましょう」と言って……それから暫くして一緒に住む様になったようで、時間は掛かったけど何とか元の鞘に収まってくれた。子供の為にも良かった。その後は仕事も頑張っていた様だ。

実はこの事件には裏がある。私があの地に最初に足を踏み入れた時に、まるで結界でもある様に、そこを通り過ぎた途端に、何とも言えぬゾクッとする異様で奇怪な物を感じていました。まるで八つ墓村……そして雄二の家に最初に行った時に、暗闇に何かが蠢いている様な恐いものを感じていた。しかし単なる気のせいと打ち消して忘れていた。雄二の浮気相手と別れさせる前に雄二に確認した。「もしかしたら、あの家に暗い影の様な霊のような存在を感じていないか？」そしてそれを感じるから、あの家に帰りたくないのではないか？」と聞くと、「その通りだ」と。そして「私を好きと言うよりも、私の後ろにある何かを感じて、それに助けを求めているのではないか？」「そうかもしれない」と、私を巻き込むしかなかったのかもしれない。それで母にもお願いをして、土地のお払いをしてもらい供養をしてもらった。その後、家に伺った時、前の暗さが無く明るく感じた。昔何かがあった土地で、何かの霊が取り付いて居たのかもしれないと思った。近所で不可解な死を遂げる人が多い様なので、お年寄りにも聞いてもらったが、口を噤まれている様だった。成仏出来ない霊もあるのかも……見えない世界。そういえば、父が私を殺して自分も死ぬと言った事で思い出した事がある。帰省して一人で歩いて、日吉神社まで登りご参拝した時、普段は殆ど行く人は無く、その頃は登って行く途中、鬱蒼として薄暗く恐さを感じていた。小学校のグラウンドの所まで帰って来たら、血相を変えた父の姿を見つけ「どうしたの？」と聞くと「あまり帰りが遅いから、何かあったのかと助けに来た」と手に短刀を握り締めて。私の帰りが遅いので、心配した父が迎えに来たのだったが、その頃の父は身体も弱っていて、自分の事も大変なのに、そこまで愛されているとは知らず嬉しかった。
昭和五十四年八月九日〜十七日　田舎へ帰省　夜、梅が彼と小郡まで迎えに来てくれる。
八月十日　寿江姉さん達と秋吉へ。
八月二十七日　雨、茂と京都でデート。八坂神社に行った後、映画「スーパーマン」を観て、この日、私は茂とデートしながらも、違う男の事を考えていた様で、それが態度に表れてたのか？　感じ取って居た様で申し訳なかった。
十月四日　茂からの手紙に「さよなら」の詩が書かれていた「……君は夫の腕に抱かれ……」というような、酷い女だ。何故か中学の頃から、お互いの行動が、ずっと擦れ違っていた。
この間も、色んな人と知り合う。
昭和五十五年一月二十六日　数日前からの高熱のまま東京出張。ふらふらで何とか仕事を済ませ、帰りに横浜の姉の所へ泊めてもらい、それでも熱は下がらず無理して帰り、数日仕事を休むが熱は下がらず無理して出勤、真っ青だった様で直ぐに病院に行くようにいわれ、行ったが最後、即入院しなければ……だが生憎土曜日で入院先が近くで見つからず、かなり遠くの大阪病院に緊急入院。もしかしたら結核かもと診断され、今夜にも死にそうなお婆ちゃんと二人部屋。結果、肺炎で十六日間？入院。その間、中山さんという男子が毎日通って下さり、退院の時も遠いからと車で寮まで送って下さったのに、その頃の私は何様と思っているのか、何と冷たい人間失格の人間だった。

四月二十二日　森主任、海課長、米田さんの歓迎会をブリックハウス（ディスコ）、墓場（位牌が置かれ何とも気持ちの悪い）スナックでして、ホリデイン南海に泊まる。

五月十八日～二十四日　帰省。

五月二十日～二十二日　九州の叔母のスナックが開店で手伝ってほしいと頼まれ帰る。

八月一日　ＰＬ花火大会で大塚さん家へ行き、安松《やすまつ》さんを紹介される。

八月二十七日～二十九日　金沢の伯父の所へ遊びに行く。厳門、千里浜、輪島方面へ、従妹達と連れて行ってもらい、帰り金沢を後に一人で東尋坊へ寄って帰る。

九月十七日　職場の一部より、夢前温泉へ。

九月三十日～十月三日　三泊四日、中堅社員能力セミナーで琵琶湖ホテルへ。

十月二十二日　秋の運動会に行く途中で、線路に事故死体を見てショックを受けた日。くじ運の無い私が、当選番号にも気付かず、ぼぉっとしてたら、乙梨恵ちゃんの番号じゃない？と言われて見たら、特賞のカラーテレビが当たっていた。

昭和五十五年十二月三十日～五十六年一月五日　帰省、叔母の店の手伝い。長門でバイト。

昭和五十六年二月十九～二十四日　梅の結婚式で帰省。

三月二十二日～二十五日　帰省、梅のお父さんのお仏前にお参り。
三月三十一日　薔薇屋退社。
五月二日～九日　岩ちゃん先輩とロサンゼルス、アメリカ西海岸の旅。
退職金にショックで、運良く誘って下さったので、使ってしまえと行かせて頂いた。

◎

そういえば私を思ってくれてただろう四歳年下の彼の話、名を州夫《くにお》という。彼には左翼の親が居るらしく、小さな設計会社を経営していた。ある時、彼に仕事を紹介され知らずに行った会社が、表向きは普通の看板を掲げた会社なのだが、その日に限って突然に、今、親分さんの車がビルの下に来てると、皆慌て一斉に一列に整列、初めての経験で、逃げ帰る間もなく私も一緒に整列して、身が縮こまり恐かった。彼はニューハーフからの人気も高くお友達も多く、おかまクラブにもよく行ってたようで、ある時に有名な所に連れて行かれ、女連れで行ったものだから……私はこんな所初めてでだし小さくなって彼の側に座ると、私の事を睨んで「このおかま何処のおかま」と言われてとても恐かった。時々食事にも誘ってくれ優しくて、いろいろ相談に乗ってくれてたので、私は淋しくなると連絡してた様で、ある時言われた「また彼氏と何かあったのか？」と聞かれ、私「何で？」、彼「お前はいつも彼と喧嘩したら俺を呼び出す、俺を利用してるのか？　俺はお前の何なんだ？」と全く無意識で気付かず傷つけてたのか……酷い女だね！　ごめんなさい。会社は順調にいってた様なのに、ある時、突然会社をたたみ、お山に入ると姿を消した。

◎こういう事もあった、ある重役夫妻と一緒に飲んでて「ご主人はダンディーで素敵ですね！」と褒めた時、奥さんが「主人はまじめ過ぎて、浮気の一つくらい出来れば良いんだけど」と言われ、その後、御主人にゴルフに誘われたりして、まさかの関係になり、家族の祝いの席にまで招待された事があった。口は災いの元、滅多な事は言わない事だね。

◎親友が結婚の時、その時まで紹介をしてくれなかったので、「何で?」って聞いた時に、「また取られると嫌だったから」と。一度も取った事無いのに「好きだから付き合って」って言われた事もあったけど、友達とくっ付け様と努力したりしたのに、そんなに思われてたなんてショックだった！　気付かない内に傷つけたり、怨まれたりする事のいかに恐いことか、無意識に罪を作ってる。時々は自分を振り返ってみる事の大事さを思う。

◎寮生活してた頃の事、泉北駅を降りて途中の電話ボックスに入ってた時に、隣りの電話ボックスに入って来た男の人がいた。私は電話を終わり寮に帰ろうと歩いてた時、私の前にはアベックが居て、その後を歩いてアベックは右に、私は左の階段を降りようとしたその時、突然に後ろから羽交締めにされ持ち上げられ、足もバタバタ蹴り上げようとするが駄目で、木の茂みのプールの鉄柵の方に連れ込まれ、必死に悲鳴を上げるがまともな声にならない。気絶させようとしたのだろう、鉄柵を後ろに鳩尾から胸の辺りをバンバン殴られ、叫びながら誰か気付いて！と……終に倒されて危機一髪、アベックの彼が助けに来てくれたので片方の靴を残して逃げて行った。寮はもう目の前だったので、変な呻き声の様なのが寮の九階まで聞こえてた様だ。

胸の辺りから前面、赤黒い痣になっていた。すぐに警察が来たが警察も恐くて舎監に対応して頂いた。それから一年位は男性恐怖症のようになり、売場で男の上司が近付いただけで身震いして……まさか自分がと思っていた。

◎また別な時、車通りの多い歩道を一人帰っていた時、前から来た車の男に声を掛けられたが無視して急いだら、後ろから「すみません道を教えて下さい」と大きな声で場所を言ったので離れたまま教えたら、これで教えてと地図らしき物を見せたので、仕方なく車に近寄ると、突然新聞らしき物を除けて男のあれを見せられ、恐くて走って逃げたが、まだ後ろから声を掛けている。何処に変態がいるか分からない。可哀そうだが一人の時に車等で声を掛けられたら絶対に無視すべきだね。

◎私は自分が、多重人格者ではないかと思う。自分の中に違う人格を感じる事がある。特にプライベートと仕事とは全く違う人格みたいで、どちらも自分なのだが全く別人の様に感じる事がある。別に作っている訳ではなく、演技してる訳でも無い、自然にどちらも自分なのだが、どちらの自分が本当の自分かは自分でも分からない。

第六章　不倫・満たされぬ愛……日記より

闇が口を開けて待っている

昭和五十六年六月　叶《かのう》さんのホームの手伝いを始める　二十五歳。

私が、高校を卒業して百貨店の職員として、一階のプレタポルテを担当していた頃、毛皮の派遣社員、ちょっぴり美人で個性的、人懐こく話好きな叶さんが働いてくれていた。その頃の私は二十歳過ぎたばかりの若い田舎者で未熟者なのに、なまいきで舐められてはいけないと思い休日も返上し毎日、女子社員に許されたぎりぎりの時間まで残業していた。入社して寮生活をしていた私は残った仕事を寮に持ち帰り、同僚達が楽しく談笑等して寛いでいる中一人、部屋で深夜までサービス残業の日々、上司からも目を掛けて頂き、応える為にも先輩も差し置いて我武者羅に仕事をこなし、コーディネーターをしながら売上も皆に負けない成績で、年配の人達に対しても偉そうに上から目線で厳しく重い存在だった私に、彼女は気に入られようと上手く取り入り、流石にすぐに私の心を掴んだようで、何故か彼女には緩かったのかもしれず仲良しになっていた。そんな彼女が、私が離職する少し前に「ホーム」という小さなスナックをオープンして、私に手伝って欲しいと言って来たので最初だけの約束で手伝った。
七月八日～九日　その日はホームで賢《けん》達が送別会。折角楽しくしているのに、私に好意を寄せていた山《やま》君の私に対する態度で、しようも無いママの焼きもちから、私に対する仕打ちに動揺していた。そんな私に気付き、賢達数人は私を店から連れ出してくれた。外に出ると皆に合図していたみたいで皆は散り、多少興奮していた私を賢はお茶に連れて行ってくれ、その後お寿司を食べて「華」へ飲みに行き、皆も来ると思いきや誰も来ず二人で暫く飲み、一旦、家の前まで帰ったが、もう少しドライブしようと車を走らせホテルの前で、睡眠不足で少し疲れたし何もしないから、少し休むだけと言われ……私は寮生活をしていた頃から、私を知らない先輩達からも寮長までが、派手でお酒に煙草は吸うし、男遊びはするしと遊び人に見られていて、外泊届けを出せば嘘の届けと疑われ、先方にまで確認の電話までされる始末。見た目と全く違うと後で分かってもらえるのだが、ねんねの私は男を知らず、それまで私が嫌と言えば、それ以上はしない男ばかりだったし、賢も先ほど私を救ってくれた優しい人だと信じたので仕方なく応じて、そしてホテル……強い抵抗も虚しく、乙梨恵はついに女になりました。かなりの出血……今まで守り通してきたのに、二十五歳の私を、彼もまさか処女とは思わなかったと驚き慌て謝る。後に奥様のある事を知った。朝帰り、朝日があまりに眩しく、切ない。大げさに聞こえるかも知れないが、あの時の私には、この世のもので無い様な、私を射る、あんな光は見たことが無い。あまりにも眩しく……罪の重荷の様な物を感じていた。二度と賢には会うまいと思ったのに、神の悪戯。半ば放心状態の私は荷物を車に置き忘れ、また会う事になり数日後、草野球の応援に行く約束をしていたので行き、当然賢も居たのだが避けて、帰りは寿司屋のマスターに家まで送ってもらいました。時々、ママ（叶さん）に連れられて行っていたお寿司屋さんで、お得意様だけ相手の様で、いつもお客様は少なくマスターは白の割烹着ではなく、普段のお洒落な長袖のシャツを着て暑くても腕も捲らず、職人らしくなく変わってるがスマートな人だな！　こんなお店もあるのか？と思っていました。ところがある日、ママに電話が入り、お店に手入れが入って警察に連れれて行かれたと……まさか？　お店は表向きカモフラージュで、お店の裏で密売していたとはゾッと血の気が引いた。優しく素敵に見えて知らぬ事とは言いながら、あのまま居たら地獄。もしかしたらそういう人達に囲まれていた？　今思うと、自分では気付けないが魑魅魍魎の世界。

人生には落とし穴がある。自分はこうはならないと思う、そんな人がなる。

岡田茂吉氏は言われている

「人間は神の命により現世に生れる。全ての人間には百八十一段階の霊層界があり、霊層界においては人間一人一人の種（幽魂）が存在する。神の意図によってたえず人間に命令を下される。人間は常に何物かに支配されている感や、どうにもならぬ運命の経路を辿る事があるであろう。そうして霊層界に在る幽魂はそれ自体の階級によって、使命も運命も差別がある。……当然の事ながら、一は最低地獄、百八十一は最高神で、人間は一～百八十段階の何処かにいるらしい。その段階において幸不幸が決まる。幸福者になるには、霊層界における幽魂を向上させるしかない」まさにあの頃の私は、霊層界の低い、落ちたら最後、抜け出られない泥沼の渕にいたのだろうと思うと言葉にならない。

妊娠

その後、賢から荷物を受け取り食事に誘われ、身体に不安を覚えた私は、誰にも言えず、それから誘われるまま、何度か食事をして七月末の夜、彼は家に来ました。八月一日：ＰＬ花火大会、映画を観に行ったり家に来たりしたが、体調の不安を口に出来ずにいた。

九月七日：その日は悪阻で気分悪くなり、ようやく気付いてくれました。八日：産婦人科へ電話して九日の夜に一緒に行き、やはり妊娠、産みたい！　悲しくて悲しくてどうしようもない。只一人、信頼できる梅に電話する。今はとりあえず堕ろすしかないと。産みたいけど他の誰にも言えない。九月十日：中絶の覚悟、朝、賢と産婦人科へ。三ヶ月の終わりで手術の前準備。十一日：いよいよ中絶、お腹の赤ちゃんごめんなさい！　許して！　私が強くしっかりしていれば……朝一人で病院へ行くが不安で一杯。いよいよ……悲しすぎる。麻酔も効かなかったようだ。二度とこんな事は嫌だ。以前、梅の所に遊びに行き、職場の嘱託医のお家に遊びに行った時に、その先生が多少占えると占ってくださり、私は一度子供を堕ろすと、二度と子供は望めないと言われましたが、その時は「妊娠したら絶対に産みます！」と言っていたのに、自分がこんな事になるなんて……自分は絶対に妊娠したら堕ろすなんてことはしない。産むと決めていたのに……子殺しの罪を一生背負って生きていかなければ……夜、賢が来る。何故こんな事に、たった一度の過ちが、賢は自分のした事の責任は取るという。九月十九日の夜、賢が来て共に夕食して、朝四時過ぎに雨は降っていたが野球の事で帰って行った。朝、仕事はあるが電話すると言う。二十日朝、電話が無い、三時まで待っても電話が無かった。淋しさのあまり、好意を寄せてくれていた東《ひがし》さんへ電話して、難波のスワンで五時に待ち合わせ食事の後、英国調パブへ行くが飲んでいても、やはり賢の事が気にかかる。私から誘っておきながら九時過ぎに帰ろうと言って難波で別れる。北信太の駅前、まさか、待っていてほしかったが賢が待っていた。八時頃から十時過ぎまでお金も持たずに、お腹も空いているのにずっと待っていてくれたらしい。四時過ぎにも来て丸高とかウイングスを捜したとか、なんて馬鹿な男、そんな馬鹿な男を好きになるなんて（純情そうに見せているだけなのに気付けよ！）。離婚をするかもしれないと仄めかす（後でもっと大人になって、浮気男の常套手段と知るが、この時はまだ……）。子供も居るらしい事を知る。造船会社の社長の御曹司らしいのに、お金も無くて困っていると、愛しているのにどうにも出来ない（そう簡単に〝愛〟を口にするな！）。離婚してほしいが子供に罪は無いし、私はどうすれば良いのか？　仕事で失敗したとかで三十万円貸してしまう。時々逢っていてこの日も、お父さんが四国から帰って来られたからと帰って行く。

九月二十七日　友人と新大阪へ占いを見てもらいに行く。私には夫の星があるので、わざわざ賢のような疵者と一緒になる事はないし、彼も来年になれば夫婦の寄りが戻るとか、絶対に嫌！　一緒にお風呂、彼に抱かれる事が恐い、でも抱かれたい。あぁ切ない、別離《わかれ》たいのに別離《わかれ》られない。こんなにあの男を愛してしまったなんて、他人から見れば馬鹿な女としか思えないだろう（私自身そう思うのだから）。占いでも別離した方が良いと、来年になれば夫婦の寄りが戻ると言われたが、心の中では、他人の不幸は願いたくはないが、やはり絶対に奥様と別離《わかれ》てほしいし、私だけの物であってほしい。誰にも渡したくない。私だけを見つめて、彼との幸福な家庭が築きたい。

九月三十日　今日も一日ベッドカバーを編んで過ごした。一日とても充実して目の前が開けた様な感じがした。昨日古い日記を読んだせいかもしれない。ふと浦や昔に付き合った、私に好意を寄せてくれてた男子の事を考えて、あの頃はあの頃で真剣に苦しんで生きてきた。浦を愛し、二度と私に青春など無い等と考えたものだ。何の価値も無い自分が無意味に淋しく生きるよりも、いっそ死んでしまいたい。その方がどれだけ楽かと思った事もある。その頃は死ねば全てが終われると、輪廻転生なんて考えた事もないし信じなかった。でも今、生きていて生かして下さって本当に良かったと感謝している。あの頃以上に喜びや悲しみを知る事が出来たから。他人を愛する事の尊さも、あの頃の想い出は懐かしく私に取って大切な想い出。賢との事も、きっと今思っているほど苦しい出来事ではなかったと思える日が来る。きっと忘れられる時が来て、懐かしく思い出す時が来るでしょう。そして私を愛してくれる誰かが現れたなら、その方と幸福を捜そう。

そして賢の事も来年まで見送ろう。待つ事はしない苦しみたくはないから。そして結果がどうであれもう私は泣かない！　過去は振り切り、未来だけ見つめて生きて行こう。そして今、仕事に生甲斐を見つけたい。前職も恋愛も全て忘れて。

十月一日　賢がまた泣きつき二十万円貸して欲しいと。私に取っては大金で前にも三十万円貸したままで、私は騙されているのでは？　でも困っているのにそのままに出来なくて、明日準備するように言ってしまったが、このままで良いのだろうか？　良い訳が無い！　賢の仕事に幸あれと祈る。

十月三日　六時から起きてお弁当作り、京都、嵐山へ行く予定を変更、比叡山へドライブするが彼は競馬の事ばかりで何の為のドライブか分からない。結局、競馬に連れて行かれて私の掛けたのが多少当たってしまう。賢に会って私の人生は狂ってしまったと告げた（全ての原因は自分にあると知ったのは、ずっと後の事だ）。一人で居るとイライラして今にも気が狂ってしまいそう。一人お部屋でソウルを聴きディスコ……吸えない煙草を吸って自棄酒飲んで、その内ダウン。気がつくと気分が悪くて仕方ない。頭が痛いし吐き気がする、お腹も壊し、ついに何度も吐いて苦しい。

十月六日　親友の春《はる》が来てくれる。淋しい夜、誰かが居てくれるだけで気分が違う。

占い

十月九日　前の職場の上司、森《もり》さんよりロイヤルブティックへ行かないか？と声を掛けて頂く。辞めた前年九月頃だっただろうか？　占い好きな私は、時々警察からの犯人探し？依頼も受け、かなりの確率で良く当たる古銭占いで、紹介でないとみないし、その紹介者も最近、奥さんの逃げた時の様子や、いろいろピタリと当たったし凄いと評判の占い師の所へ連れて行ってくれた。私に関しては「このまま今の職場にいても何も変わらないし、貴方の人生もこのままで終わってしまう。早く辞めた方が良い。来年の三月末までで、四月に一日でも掛かれば貴方の人生は、このまま！何の変哲もなく生きて行くしかない」と。このままなんて嫌だと思った単純な私は、すぐに退職届けを出したが仕事では認めて頂いていたし、実績も残していたので何度お願いしても延ばし延ばしで、次はこのイベントで忙しいからと、その都度このイベントが終わらないと……等と中々受理して頂けなかったけど、退社日が四月に一日でも掛かったら御仕舞いと言われていたので、最後は上司に残っている有給も全て要りませんからと捨てて、三月三十一日にも残業して、無理やり我儘言って辞めました。上司は「お前は言い出したら聞かないからな！」と諦めて印を押して下さったのに、そんな私をずっと気遣い新しい職場にも心配して訪ねて下さり、いつも見守って下さって感謝しています。でもある時、聞かされた。実はこんな私を女の幹部に育て上げる為の、あるミッションがあったらしく、私に結婚とか男の陰があれば潰すようにと言われていたとか？　他からも引き抜きとか依頼され、今の私からは想像も付かない。私自身考えられない事が起こっていたらしい。占いは当たっていたのかもしれない？　確かにその後の私の人生は平凡とは程遠い、波乱万丈の人生が待っていた。

信頼

十月十一日　ロイヤルホテルに面接、話を聞いたが自信が無いので断る事にした。が私が断らなくても先方からも断っただろう。次にもまた高級インポートの紹介で、よく私の様な田舎者を紹介するな！と何度思った事か。ただ恋愛以外、私には見えないものに見守られている神秘な世界のツキがあるようで、数字のある仕事だけは何処に行っても順調で、ある時は私で駄目なら撤退と云われた売れない最下位のブランドを担当した時も、あっという間に一位になった事があった。タイミングもあっただろうし奇跡としか言いようがない（上司からは何時も目を懸けて頂け、目立つ存在になり信頼されていったようだ）。

しかし男に関しては、全く駄目男ばかりで、女としては最低。しかし昔、変な事を言われた、お前を或る人が好きだと言っていると、誰かと聞けば妻子ある人だと、その頃の私は完全に子供で「何故？　そんな人に好きだと云われても、しようがないじゃないですか」と。そして一言、

「お前の良さは独身男には理解出来ない」と。意味不明？　その頃、先輩の逢引のカモフラージュの為に付き合ったり、私の知らない世界で不倫流行。

十月十五日　賢の事も、そろそろ飽きてきたのかな？　あまり面白くないし。ただ産んであげる事の出来なかった赤ちゃんの事で、初めての男だっただけに、逆上せ上がっていたのかもしれない。まだ自分でもよく分からないが逢わなければ逢わないで、段々に忘れられるような気がする。逢えばやはり好きみたいだし？　やはり私には彼が必要なのだろうか？

十月十九日〜十一月一日　九州の叔母がスナック「なか」をオープンするのに、一人で大変だから手伝ってほしいと頼まれ帰る。叔母の働いていた「クラブ九州」の時のお客様が、開店祝いで来て下さる。上品なお客様が多く、姪という事で可愛がって頂いた。

十月二十七日　賢には店を手伝うとは言ってなかったが、電話が掛かってきて、奥さんとの事が決まりそうなので帰って来てくれと。

十一月一日　初めて奥さんの事を聞く、奥さんは貧しくても毎日定時に帰って来て、平凡な暮らしがしたいらしい。でも賢にはそれは無理、賢の両親との仲も良くないらしいが、でも良くやってくれたと。

十一月六日　親にも誰にも相談出来ずに一人苦しんで居た時、蔑《さげす》まれるのを覚悟の上で、この人なら信頼が出来ると井上さんご夫妻に打ち明けた。こんな私に「一人で辛かったわね！」と抱きしめて聞いて下さり、供養の事も教えて下さる。九月十一日に中絶した子は、せめて彼の一字を付けたかったが相談できず「和美」と付けて慰霊できた。
少し前にある宗教の青年の中の話題で、たまたま三人の子供を堕胎した女の人の話が出た時、「一人でも考えられないのに、そんな女がいるなんて人間じゃない」みたいな事を聞かされていたから余計に辛かった。
一月三日　また、人が居ないので少しだけと頼まれ近鉄に初出する。
一月二十日　お尻におできが出来、無理して働き痛くてたまらない。翌日から休む。
一月二十三日　痛くて眠れずトイレで出血、膿が出始めた。まだ歩けないが、定職に着かなければと思っていたら、またもや高級なインポートの商品を扱う会社からのお誘いで気が重い。仕事を真剣に考えないといけないのに……賢に取って私は何なのか？　今も別離《わかれ》るべきか？悩み、つい考えてしまう。一緒に供養をしていきたい。いけない事でしょうか。
一月二十五日　お尻のおできも大分治り、今日は右足に移ったようだ。
二月二日　薬局の男の人に送って頂き馬場病院へ。自然に治したかったが、何時までも休んでおられないし仕方なく手術。そしたらすぐに残っている毒が出場所を探したように左足に出来、やはり自然に全部出そうと我慢した。切った右足は傷になったが、自然に任せた左足からは大量の膿、血膿が出て不思議と何の傷も残らなかった。体の中の汚物は手術等して一時は良くなったようでも、一時的に毒で止めただけなので、次はもっと酷い状態になるという事が、身をもって体験させて頂いた。この頃の私は支離滅裂、情緒不安定。

相継ぐ事故

二月二十三日　別離《わかれ》たいのに賢は「別離《わかれ》たくない」と勝手。賢、タクシーと事故を起したと。
四月二十五日　賢の友、Nさんが離婚したらしい。賢がすれば良いのに。
五月二十日　和美の水子供養に賢と珊瑚寺へ行き、帰りに私の誕生祝い。一緒に水子供養が出来た事をとても嬉しく思い、一生彼と暮らしたいと思う。最近はよくゲームをする。
六月十四日　賢のお父さんが事故したと警察から電話。何故こんなに不幸が多いのか？
六月三十日　別離《わかれ》話して夜、家に電話する。奥様が元気な声で出られ子供の声もする。淋しい、淋しくて堪らない。やはり私の出る幕は無い、地獄！
七月五日　酔い潰れる。
七月九日　六日以上電話も掛かって来ない。考えあぐねてついにまた奥さんに電話。親友の溝《みぞ》さんの電話番号を聞く為だ、奥さんは優しく応えてくれた。しかし分からず、行きつけの華の電話番号等も調べたが、結局分からずどうする事も出来ない。気は焦るばかり。出会いから今日でもう一年が過ぎた。長いようで短い一年。
七月十日　時々、うどんすき等作ってくれる。今日も鍋。
七月十三日　夕方六時頃会社へ電話、仕事あがったのだろう、お風呂に行ったらしい。六時半頃再度電話、賢が出た。今日は仕事で何時になるか分からないと、見え透いた嘘とすぐ分かる。私はこの嘘にずっと悩まされてきたような気がする。九時頃の電話で今日の仕事は嘘だろうとまた責める。そして彼が「責任を取る」と言った「責任」の意味を聞き、私はもうすぐ田舎に帰るので、お金を返して欲しいと告げる。怒ってすぐに来ると言うが、家には来て欲しくないので外で会う。浜寺公園で言葉少なく散歩。奥さんとの離婚を考えた事は本当らしいが、奥さんとは別離《わかれ》られても子供の問題があるという。養育費に月二十万円だとか？　私と一緒になる事も考えてはいる様子だが、これではとても離婚など出来そうも無い。途中で彼は気分が悪くなり吐いてしまう。可哀そうになり話が出来ない。

いつも側で見守ってくれている親友の春に、彼と別離《わかれ》て田舎に帰る事にすると話す。

周りの出来事

この頃、周りでいろんな不幸が起こった話を聞く。

結婚が決まり一旦田舎に帰った子がこちらに戻り、彼の部屋で田舎で男友達に無理やり関係を迫られ、抵抗しきれなかった事を彼に告白し、彼はそんな女は要らないと部屋を出てしまい、彼女は正直に苦しい告白をしたのに、彼に捨てられ耐えられず、その部屋で自殺してしまい事実は世間に隠された。その後その部屋には無念でだろう、出てたとか。

別な一件、浮気から彼は離婚すると言ってたようで、奥さんが別れてくれないとずるずるのままで、彼の居ない時に奥さんの所に乗り込み、刃物で殺人事件が起こってしまった。

義理人情

七月二十九日　昔の上司X紡の深日《ふかい》さんから電話を頂き会いに行く。「某有名ブランドの出展で、東京に行ってくれないか？」と。条件はそこそこ良さそうだし、賢と別離《わかれ》るのにも都合良いかも？　だが東京に引っ越す勇気も無さそうだし（優柔不断）考えさせて頂いたがお断りさせて頂いた。そのまま久し振りに深日さんと飲みに行き、帰宅したのは0時も回り一時になっていた。気付かれていたのだろう、深日さんの話の中、妻子のある男の浮気の話等を聞かされ、世間知らず過ぎる自分の馬鹿さにショック！を受ける。大きな顔して、深日さんの前に出られない。浮気して何時までもけりを付けない人間なんて最低という考え方で当然だが。そもそも深日さんとの出合いは、人が居ないので少しだけと頼まれて近鉄のブライダル、ソシアルでの販売の時、何時もの付きの良さで最下位からあっという間にトップになり、近鉄側からもかなり認められ、異例だが新入社員の教育まで頼まれ引き受けてしまい、そんな中よくある話で、考え違いの派閥争いから、深日さん達が切られてしまう話を聞いてしまうのだ。どう考えても深日さん達の方が正しく、しかも真っ直ぐ律儀で信頼出来る人達を切るなんて、私には許せなかった。私自身プライベートでは間違った事をしながら理屈に合わないが、道理に合わない事が嫌いな私は、深日さん達を辞めさせるなら、私もそんな会社に居たくないので辞めますと、止められたけど一緒に辞めた。深日さんにも私が辞める事はない。と言われたが、義理人情を重んじる私には不利でも無理だった。その時も数字を伸ばしていたし、自分で言うのもおかしいが、その後、数字が落ちて、もう一度帰って来てほしいと専務が自ら謝って来たが、理屈に合わない事は嫌いなので、丁寧にお断りさせて頂いた。只のお馬鹿さん！

優柔不断

七月三十日　賢、昼間に家に来て、また三十万円貸してくれと。一応断ったが断りきれず、また貸してしまう。「もう私とは関係ないし、奥さんに頼めば」と言ったら、どうなるか分からない奥さんには頼めないというのだ。私だって同じなのに。どうして良いか分からない（上手く利用されてるのに馬鹿にも程がある）。

八月二日　昨夜来て、朝帰って行って、又夕方、田舎に帰省する私を見送る為と、十五万円返しに来た（上手いね！）。

八月四日　春と鎌倉行きから京都へ変更して、まず大原の里、木庭という所で人相と手相で占いをみてもらう。三十二歳位までには結婚出来るらしく、良い男を掴み幸福な家庭に入れるらしい。お見合いでするべきだと言われた。ハッキリしない男は駄目、つまり賢の事は諦めろ！との事。水子の事も気にしないで良いらしい、セックスはセックス、結婚は結婚で割り切るように。今の歳になって何も無いのもおかしいと。賢との事を続けても遊ばれて終わるだけだと言われた。次に寂光院へ、そして三千院、ここからの帰りもう一度、別な場所で占った（好きだね！）。賢との事は運命的にも性格もピッタリ、セックスが少し努力との事、運命的な出会いで結婚すれば良いような事も言われたが、妻子がある事を告げると常識的に言っても誰かを傷つける事は駄目だと、その通りだけど矛盾している。

八月五日　銀閣寺から金閣寺へ。銀閣寺はとても静寂で心が洗われる様に美しい。日本庭園の美、その昔に形状された美しい岩々に心が癒された。夕方家に帰り、一人また賢の事を考える。賢のお父さんに思い切って相談してみたい感情に襲われる。一人泣いてしまう。ＰＭ十時、賢より電話。今日の昼電話したが居なかったと。門真に行くのに付き合ってほしくて電話したらしい。京都に行った事は告げなかった。また明日電話すると。

八月七日　泊まる約束だったのに、会社の盆踊りがあると夕食だけして帰って行った。とても淋しい。一緒に田舎に引越す話もしたけど、免許が停止になるかもしれないので、出来ないかもしれないとの事。今日も一人寝。賢の家に電話、奥さんが居た、悔しい。

八月九日　昨夜から一睡も出来てない。朝七時に電話したら奥さんが出られた、やはり朝目覚ましで起きるのも一人、下で寝るというのも皆嘘。悲しくて仕方ない。一人泣きじゃくっていると電話。辛くて一度は切った。二度目の電話でも辛く話が出来ない。暫くしてようやく今朝の事を話す。また怒らせてしまったが事実、私は騙されているのだ、このままで良い訳はない。お馬鹿な女。

八月十日　堺高へ行く、日比さんよりNブランドに来てほしいと頼まれる。三沢さん結婚するらしく、市ちゃんは同棲中とか。また奥さんに電話してしまう。黙って切られた。

八月十二日　離婚の慰謝料、養育費の話。お弁当を作り須磨へドライブ。賢の子供は二歳の女の子らしい。奥さんと離婚するには二十歳までの養育費、月十五万円～二十万円と慰謝料百万～二百万円いるらしいが別離《わかれ》たいと。奥さんはとても気の強い女で、一度破局を迎えるとなかなか元へは戻れないという。賢は今まで怒ると茶碗を投げたり、刃物まで持ち出した事があるという。そんな男だが好きになってしまい別離《わかれ》る事は辛過ぎる。常務の叔父さんだけは知っているらしいが、相談した所で「そうか別離《わかれ》ろ」なんていうはずがないから、はっきり決まってから言いたいと。子供も賢には懐かないらしい。お前（乙梨恵）のように良い女は居ないと（上手いね）。

八月十三日　田舎へ、一人で帰省。

八月十五日　お墓参り。午後五時～0時頃まで同窓会に行き、殆どの人が結婚していて子供を連れて来たりして、とても詰まらなかった。k君が「養ってやろうか？」なんて冗談半分、プロポーズらしい事を言っていた。

八月十七日　地元で、沖縄の様な貝の砂で美しい大浜へ、海水浴に姉達と行き久し振りに焼いた。自然が最高！　夜、賢から明日帰って来いと電話して来たが無視。
八月十九日　下関、梅の所に遊びに行く。こちらに帰った時の為に職探しに、マネキンクラブにも行ってみたが、あまり良い職も有りそうに無いし、やはり賢の近くに居たい。
八月二十日　典子と遊んで一日過ぎた。
八月二十一日　大阪へ帰る。賢が電車で迎えに来て、車を取りに沢ノ町の専務の家に行く。私は我孫子で待たされ少し飲んで帰る。阿彩というスナックに、溝さんの奥さんで清美ちゃんが居た。離婚したらしく、だから今は尊《みこと》の姓に戻ったと。賢の親友の妹さんだ。
八月二十四日　賢、事故の件で弁護士と話をするらしい。夜、電話で免許取り消しになったと。九月一日に民事裁判があるらしい。悪くすると刑務所行きだとか。何故、こんな不幸な道ばかり歩まなければいけないのか？
八月二十五日　もしかしたら実刑かもと電話して来た。
八月二十七日　永山園で増田さんとお茶する。ここの所、身体の調子が良くない。もしかしたら又妊娠したのではないか、とても不安で堪らない！
八月二十九日　賢が三月に事故した相手、京阪関目のタクシーの運転手のお見舞いに病院に行く。少しでも気持ちを変えて頂けると有り難いのだがと思って行ったが、パチンコに行ったのではないか？と居なかった。夕方保険会社の人と話をして、どうもおかしいらしいと、事故してすぐに運び込まれた病院では全治一、二週間？　それがすぐに今の病院に転院して、重傷で数ヶ月？　働けない分の保障もしなければいけないとか？　おかしな話だ。
八月三十日　北信太の駅に迎えに行ってバスで帰る。身体の調子がおかしいと話したが、気をつけているから大丈夫だと。
九月一日　民事裁判の日、一日中とても気がかり、同じ公団に住む君《きみ》ちゃんと話し、無理に別離《わかれ》る事はないと言われる。
九月四日　昔アルバイトした事のある、玉造のロンへ。バイトをしたかったが、暇そうだったので言えずに帰った。
九月五日　君ちゃんと鳳へ、バイト探しに行ったが無かった。
九月二十七日　君ちゃん、Sとの不倫関係の事を打ち明けてくれる。まじめそうで、まさかそうは見えないから驚いた。男は皆同じ、浮気心を持っている。女も一緒か……。
十月十五日　裁判、禁固刑八ヶ月、執行猶予四年。
十月二十六日　賢に鍵を持って来て欲しい事と、借用書を書いて持ってくる事だけを頼んで、暫くは逢わない事を告げて、もうこれで本当に終わりかな。「このまま続ける事は、俺の身勝手かな？」なんて勝手な事を言っていた。お金を稼ぐ為にパラグアイに行くので、お金は来年六月まで待ってほしいと。君ちゃんは「今、無理して別離《わかれ》る事はないと思う、無理して別離《わかれ》ないで、もう少し彼を信じて待ってあげた方が良い」と（甘～いね）。
十一月四日　お父さんに会うべきか？　このまま終わるには、あまりにも惨めな気がする。

十一月五日　私の立場がどうなるのかを聞くと「好きだからどうしようもない！」と、馬鹿言ってんじゃないよ！　別離《わかれ》るべきと思うがその際、貸しているお金の借用書と、慰謝料は絶対に取るべきだという結論を出す。それが結局、お金に執着して泥沼！……大きな代償を支払う事になる。お金に執着しなければ、終われていたかもしれないのに。

十一月十九日　私「暫く大人しくしておく」と言うと「これからも相談に乗って欲しい、乙梨恵は一生、俺の妹の様な気持ちで居る」と言った。どういう意味？　悲しくて仕方ない。あんたなんかの妹になれるか！

十一月二十四日　電話しなかったのは、声を聞けば逢いたくなるからだと言う。

その後、君ちゃんに電話したら「彼は真剣だし、彼は彼なりに苦しんでいる。彼に嘘はなさそうだ」と言ってくれたが信じるべきか？

十一月二十七日　賢と君ちゃんが会って話してくれる事になる。君ちゃん曰く、賢は本当に乙梨恵の事を愛しているし別離《わかれ》たくないと（都合の良い女！　別れたいと言う訳無いだろう、甘～いね）。何時かは一緒になりたいと。今はただ、自分の身の回りの借金等をきちんと整理したい、不甲斐無い自分だけど乙梨恵の事を本当に大切に思っているから、乙梨恵を不幸にはしたくないし幸福にしてやりたいと（十分に不幸だけどね）全てはパラグアイに行ってからで、他人に乙梨恵の話をしたいし自慢したいと（見世物じゃねえ！）。そういえば、以前、男の子達が女子の人気投票をしたらしく、結婚したい相手・恋人にしたい相手・心斎橋等を一緒に連れて歩きたい女・などの投票をした時、私は、男が連れて歩きたい（見世物？）の一番だったらしい。そんな者になりたくないし、嬉しくもねぇや。

離婚届けは奥さんが持ってきて賢も押印して承諾したが、お金が無い為に駄目だったと、君ちゃんは乙梨恵は本当に良い男に引っかかった、とても明るく陽気で面白い男だと言っていた（引っかかるのに、良いも悪いもあるか！）友達まで騙せるとは大したものだ。

十一月三十日　賢、お父さんの会社を退社。

ついに入院

昭和五十八年　サスキアを担当する。
五月十四日～六月四日　救急車で運ばれ胃潰瘍で入院。ここの所、仕事には行っていたがずっと頗る体調が悪く、この日も目眩に吐き気、帰りの電車でも真っ青だったらしく、周りの人々に心配され座らせて頂き何とか家に辿り着いた。胃の痛みも半端なく我慢出来ないのに、何か食べておかないと身体が持たないと思い、ラーメンでもと吐きそうなのに無理やり詰め込む（何処まで馬鹿だ！）口に入れながら痛くて、ついに七転八倒で誰か助けて！　救急車を呼べばよいのにそれさえも分からない。春にSOSして救急車を呼んでもらう。春もすぐに飛んで来てくれ一緒に乗り込む。救急車を走らせながら、隊員さんが次々受け入れ先を探して下さるがなかなか見つからず、ついに見つかったのがかなり離れた阪和病院。すぐに応急処置、検査が始まり、夜勤の先生で専門ではなかったようだが十二指腸ではないかと……病室へ入った途端に洗面台に一杯、溢れる程吐いた。得体の知れない緑の中に黒の異物。少し落ち着き、ここは何処？かと春に聞くが、かなりぐるぐる回り走ったので、知らない遠くに連れてこられたようだと。私は入院と言われたが、とりあえず何も持たずに救急車に乗ったのでお金も無い。看護師さんに場所を聞き電話代だけ借りて、春の妹さんにお金の準備をしてもらい、私の入院準備もあるので春は帰った。私はそのまま入院、検査で胃潰瘍だと思うが、胃癌の可能性もあるので胃カメラを飲んで手術をするかもと言われ、死んでも手術は嫌なので手術をするなら退院するというと、今は新薬もあるし、それで様子をみましょうということになる。胃カメラの痛かった事、お婆さんでも大丈夫だからと言われたが、何度もえずき胃壁をバンバン叩き、その痛さは堪らなかった。ベッドに落ち着き、胃が痛くなったら言ってくださいと言われたが痛いと言えば、すぐに痛み止めの注射をされるので、ずっと痛みに耐えて我慢した。看護師さんは「痛いはずなのに痛くないのですか？」と言われるが、一言も痛いと言わずに歯を食い縛って頑張った。賢は、朝私に電話したが出ないので、心配して救急の消防署に電話して詳しく調べたらしい。この時は愛されている事を感じた。入院中、近くの病室の叔父さんに文化刺繍を教わって、和美の供養を思い一針一針心を込めて「子育観音」を創った。

父のやきもち・入院

六月三十日　夕方、母より電話で泣いていた。二ヶ月位前から小西の叔父さんの看病で、ずっと長門病院に通っていた。近くの病室に母の昔の良い男の人が入院していて、その男の面倒も母は看ていたらしく、それで父がやきもちを妬いたのか？　お酒を飲んで小西にまで迷惑を掛けたらしい、この歳になってもか？　その歳に、その立場にならないと分からないものだが、母が可哀そうで堪らない。何故父があんなのか？　とても悲しい。それだけ今でも母を愛しているという事か。

七月一日　母より電話、昨日と打って変わって今度は父が手術するらしい。仕事中、舟で転んで腕を骨折、肘が変に曲がったらしく、山口の病院では手術出来ないので、広島の病院に入院するらしい。

闇の中の光と影

八月九日　東京国際文化会館に於いてセールスコンベンション。十周年記念式典でグランプリ受賞、金十五万円と百万本ではないが、抱えきれない程の豪華な薔薇の花束を頂き表彰された。

私に取って考えられない栄光！

八月十七日　賢と白浜にドライブの予定が台風で駄目になる。賢の親友の尊さんにお金を貸して欲しいと頼まれる。何故！　友達にまで、私はお嬢様でも無いし、打出の小槌なんて持って無いし……。

八月二十日　尊さんに初めて会う。賢が尊さんに乙梨恵と別離《わかれ》るかもしれないと言っていたと、賢は終わりと思ったらしく「ずっと奥さんを選ぶのか、乙梨恵を選ぶのか悩んでいたらしく、結局、乙梨恵を選ぶ事が出来ずにすまなかった」と謝っていた。ついに別離《わかれ》話成立。夜、春に電話した、もし春が居なければ自殺しかねなかった

九月四日　自殺未遂。もう生きる自信が無い。薬嫌いな私が薬局に行き何日も眠れてないのでと言い、よく効く睡眠薬をお願いし、両親と友に遺書を書き、最後に春と賢に別れの電話をして、一瓶二十錠位を飲む。気を失い、後で春が来て夢中で吐かせてくれて、またもや助かる。また生きてしまった。本当は生きたいからＳＯＳの電話したのかもしれない。後で知った賢は「死ぬなら俺も一緒に連れて逝ってくれ」というが茶番だ。生きているのだから出勤はしないと、職場に行っても当然顔色は悪いわ、私らしくないし仕事にならず皆が真剣に心配して、独身の同僚は私と一緒に住む事まで考えてくれるし、なんと心温かい人々に恵まれているのか。捨てる神あれば拾う神あり、もうこんな馬鹿な事は考えまい！と思う。尊さんと賢が大喧嘩、メタメタ、尊さんに送ってもらう。

九月九日　正常でおれるはずもなく、また家で一人酒、煙草、踊り酔い潰れる。春が来てくれて、私がドアを開けたらしいが記憶も無いし、酒臭い。

九月十日　賢に鍵と借用書をすぐに持って来るように言う。「もう俺は立ち直れそうもない。支えも失ってどうして良いか分からない。乙梨恵にイラストを送ろうと思っていた」と。「長い一本の綱があり、その下に男が首を吊り包丁を持って、その下に赤ちゃんが居て、その横に長い髪の女が居た」そんな夢を見たイラストらしい。鍵を受け取り、賢は「俺と別離《わかれ》ても尊さんとは逢うな！」と勝手な事ばかり言うが、尊さんに電話する。

ドラマを見ていて感じた。賢と私は「鎖が切れているのに、別れられない」そんな感情だろうか。何時かは、何時かは別離が来る。切れた鎖はもう二度と元へは戻れない……。

霊界よりの導き・伝達

九月二十六日　父退院の為、田舎へ帰省。広島のお婆ちゃんの墓参り、山口県の山陰の朝鮮に近い片田舎で漁師をしていた父が、私を溺愛してくれたお婆ちゃんのお墓のある広島の病院でしか手術が出来ないと入院していた。何か見えない者に操られ、導かれているとしか思えない。父のお見舞いと退院もあり広島へ。私を溺愛してくれたお婆ちゃんなのに、亡くなったその頃お婆ちゃんは広島に住んでいて訃報のその日、私は出かけていて連絡が付かず、近所の人に伝言して両親だけ飛んで行った。夜になり、家は真暗で静まり返っている。不安の中、近所の小母さんが知らせに来てくれたが信じられなく、嘘だと言って、一人一晩中、闇の中で泣いていた。今の様に携帯も無く両親に連絡も付けられず行く事も出来ず、葬儀にもお墓参りすらした事がないので、この際と小母さんに連絡して行かせて頂く。何と明日がお婆ちゃんの十三回忌法事だと聞き、お婆ちゃんが呼んでくれたのだと思った。お参りさせて頂きお墓もお仏壇も、きっちりして下さっていたので安心して、そのままにして居た。後日、後悔する事になる。

魑魅魍魎《ちみもうりょう》

この頃、賢からも連絡あるが、時々、尊さんとも連絡して逢っている。
十二月七日　賢と三田の山の中、自然のスケートリンクへ。
十二月十八日　この日、尊さんは突然に、お父さんと妹さんとを売場に連れて来て紹介され、一緒にお茶をする。
昭和五十九年元旦　賢、家に来るが入れずに、中から帰るように言うが帰らず、かなりの時間外に居るので、風邪をひくと可哀そうなので仕方なく許して入れてしまう。
一月六日　母に賢と和美の事を打ち明ける。
一月九日　母に打ち明けた事で賢と喧嘩になり「お前を殺して俺も死ぬ」と脅される。

一月十六日　賢また茶番。私にその気さえあれば一緒に住めるようにするから、もう一度やり直したいと。木村さんから、A川さんの事で相談があると言われる。
一月十九日　A川さんが妊娠して、堕ろすのにお金を貸して欲しいと頼まれ、可哀そうで貸してあげる（何処までお人好し）、こちらも不倫の結果、子供を堕ろした後も続いていて。
二月二十日　賢、奥さんの兄から呼び出しがあったと、またも三十万円貸してしまう。
三月九日　華に飲みに行き、住吉御苑に泊まる。
三月十日　また二万円貸してしまう。
三月十二日　彼の言葉に翻弄され続け……沢ノ町の賢の家の前まで行ってしまう。
三月十五日　大喧嘩して、殴られ口を切る。
三月二十四日　またもや大喧嘩して首を締められ、殺されるかと思った。
四月七日　神様がどうされるか？　試しに一泊で聖地参拝に誘ってみた。熱海～富士山、伊東へ泊まる。私に出来ないと思ってか？　賢の家庭を壊せと言う（パフォーマンス）。
五月十七日　何時もの口論で酷く殴られ、目から火花が出た。
五月十八日　先日、子供を堕ろすのにお金を貸した、A川さんが交通事故。と言っても、私と同じ様に不倫していて彼と喧嘩、帰したくないから、彼は気付いてくれると思い、車の後ろに隠れたのを彼が気付かずバックして轢かれてしまったらしい。幸いと言おうか？車輪には巻き込まれなかったので命だけは取り止めたが、胸骨が何本か折れてかなりの重傷らしく、あまりの代償！　ここでも男の身勝手で、何故、女ばかりが……お馬鹿な女達。
七月十日　賢宅へ電話して奥さんが出た。関係は言わなかったが二百五十万円貸しているので返してほしいと言う。奥さんは賢のお父さんに話すからと言い、別離《わかれ》る気持ちもあるし自分には関係ないと。少し可哀そうになる。
七月二十二日　メシヤ様の夢をみる……井上さんと聖地にご参拝してお祭り後、庭を見ながら井上さんとメシヤ様が何か話されている。私は横で庭を眺めていたら、一匹の真っ白い猫が私の所にやって来たので、撫でていたらメシヤ様が「真心で接したら、猫でも分かるだろう！　ましてや人間、分からないはずがない……〝誠〟だよ」と言われた。今の私の事だ。

悪魔に魅入られて

八月六日　赤ちゃんを産む事で喧嘩。体調に異変を感じてから、今度こそは産もう！　例え一人でも……私の事を誰も知らない土地に行って産んで、その子と二人ひっそりと暮らそうと考えていた。
八月二十日　母に子供の事を打ち明ける。産めと言ってくれると思っていた。「私が育てられなければ、母が見るから」の言葉を期待していた。しかし返ってきた言葉は……。
八月二十七日　母が来てくれ「子供は堕ろし聖地へ行け」と、まさか母から堕ろすように言われようとは思ってもみなかった。今度こそ産みたかったのに、私は何と意気地なし。
八月二十九日　賢は母に会い「奥さんと別れて乙梨恵と一緒になるので、もう少し待ってくれ」という。（白々しく母まで騙した）賢も母も取り合えず堕ろせという。自分の不甲斐無さ、意志の弱さに呆れる……なんて駄目人間。
九月一日　またもや中絶。悲し過ぎる。一緒になれる事を信じて、賢の一字を付けて祀る事にした。
九月二十三日　東住吉区湯里に引っ越す。賢が弟の様な甥や友達を沢山連れて来て、全てしてくれて、家族に思えた（見せ掛けの優しさに弱いね！　だから騙される）。
九月二十七日　賢は、十月二十九日結婚記念日に離婚するという。そして、乙梨恵と一緒になると約束をする。
九月二十九日　出勤途中に激しい腰痛に襲われ、動けなくなり駅員室に保護され、救急車で大野病院へ搬送された。
九月三十日　救急で愛染病院へ入院、堕ろした時の処置が悪く残っていたようだ。子宮内膜症と病名に気遣って下さる。
昭和六十年一月二十二日　賢がまた、日本信販からお金を借りてくれという。何を考えているのか分からない！　呆れて物が言えない。断ると殴られ首がおかしくなる。
二月一日　大喧嘩、また思い切り殴られ、殺されるかと思った。母へ泣いて電話したので、母が賢へ電話して「乙梨恵と別離《わかれ》るように！」言ったらしいので、賢は私に怒って電話して来た。

自分のしている事が分からないのか？

二月二十八日　賢、百万円持って来る。

泥沼地獄

三月六日　ナイフで刺される。この日の朝、もうこれ以上我慢出来なくて、終わらせる為に、真っ直ぐで厳しく、間違った事は許されないと思っていた、一番信頼の出来る先生に、どれだけ酷くなじられ罵《ののし》られようとも、全てを打ち明けて懺悔《ざんげ》するしかないと……心臓が飛び出るほど意を決して電話した。泣きながら隠しておきたい事、全てを告白し懺悔したら、考えられない優しい言葉が返ってきた「辛かったわね！　もういいのよ、無理して別れる事はないわ」信じられないほど温かく包み込むように、抱きしめられたような思いがした。どれだけなじられ、打ち砕かれるかと思っていたのに、この愛の深さ……最後は神様にお任せするしかないと思った。この時に霊的な縁を切って下さったようだ。
その直後、賢が来た。今日が最後で一緒に遊びに行こうと言っていたが、行く気にならず断って寝ていた。来てノックするが何とか断ち切りたいとチェーンを開けない。一度は帰り、また電話してくるが話もしない。私は終に奥さんに電話し少し話す、奥さん「私には関係ないし、あんなの熨斗を付けてあげる」と……暫くしてまた賢が来る。借用書をすぐに書いてもらおうとした。とにかくお金を返して別離《わかれ》て欲しいと言うと、脅すつもりで、まるで仁侠の世界！　側にあったナイフを握り、啖呵を切るように、お布団の上から振り上げてドスンと突き刺す。右膝にまともに突き刺さる。賢は慌ててナイフを抜く。物凄く大量の血が噴出し、彼は慌てていたが私はいたって冷静。「助かった！」これで全てが終わると思った。このまま出血多量で死んでも本望、いや、むしろそれを望んだ。このままほっといて逃げて帰って欲しかった。彼は慌てて足を縛り出血を抑え、すぐに阪和病院へ急いだ。すぐに手術が始まる、麻酔無しでお願いしたので、ドクターは無理だと言われたが、お腹の赤ちゃんの為にお願いする。麻酔無しで七針、苦しさ痛さに必死で耐えた。先生も驚いていた。事情説明で、ドクターは気付いておられたが、私は台所で転んで……と嘘を付いた。ドクターは「何の為に庇うのか？　傷を診れば分かるんだよ！」と何度も言われたが最後まで嘘を付き通した。家に送ってもらい私は寝ている。彼は血の付いた物の洗濯や、お粥を作ってくれる。そして「このままでは二人駄目になるので、やり直そう」と、勝手過ぎる。ついに母に電話して泣いてしまう。母が奥さんに電話して全てバレル。午後十一時四十五分、グデングデンに酔って、動けない私の財布から一万円取って飲みに行くと帰る。午前0時、奥さんが事実を確かめ様と電話して来て話す。その側で賢は、奥さんとやり直したいと喚いている（しようも無い情けない男、自分で家庭を壊せと言っておきながら）、「俺の家庭を目茶苦茶にして、只では済まさない」と脅し「どうなるか覚えておけ！」とも言う。それから「乙梨恵を殺して自分も死ぬ」と包丁を持って出て、すぐに帰ってきたと奥さんが言っていた。自分だけが可愛いのだ。三時位まで奥さんと話をする。私のお腹の子も誰の子だか分からないと言ったらしい。最低の男で呆れて物が言えない。悔しくて堪らない。奥さんも結婚する前、三人堕ろしたらしい。どこまで……。

三月七日～二十日　仕事を休む。内出血も酷く血を抜くのだが、水でも辛いのに膝の腱の側を刺されたので、針も入れにくいらしく半端な痛さではなかった。筋か何か切れて内出血、血を抜く所を刺されたらしく、他から無理して注射器を差し込む。ドクターは内出血を気にされ、首を傾げて「上手く溶けてくれれば良いが、これがなあ?」等と言っておられた。二度ほど抜いて頂いたが、あまりに痛く厳しいので諦めた。膝を中心に足全体が腫上がり、膝が曲げられないのでお手洗いも困難、通院も歩く事も困難で杖をつきタクシーで……少しましになり出勤するが一日働くのがとても辛い、足を引き摺りながらの毎日の出勤は無理で、通勤にも倍の時間がかかる。帰宅すると足の浮腫みは益々酷く、自分の作った罪で当然の罰。午後十時前だったろうか?　突然、賢と奥さんが、ゆかちゃんを連れて来る（子供を連れて来るか?）。最初、賢が「ここを開けろ」と怒鳴る。私「もう用事は無い、奥さんと話をする」と言うと、一緒に来ていた様で奥さんが物凄い勢いで「ここを開けなさい」と怒鳴る。ヤクザな夫婦だ。入って来て、奥さん「狭くて座る所も無い」とブツブツ言いながら座り、奥さん一人で喚く。賢はタジタジで、こんな男を好きだったなんて……私は足が痛いし、当然元気もなく何を言う気にもならず、只じっと聞いていた。私の事を「こんなしょうもない女」とか言わせておけば好き放題。
二人が帰った後、増田さんが見舞いに来てくれる。
三月九日　母が来てくれる。賢は富山へ行ったようだ。
三月十二日　今度こそは産むつもりで、どんな事にも耐えて来たのに……またも中絶。悲しくて悲しくて。手術後、長時間なかなか意識が戻らなかった。この子と共に死んでもいい、いやそれより一緒に死にたいと思っていた。でも、またしても私は生きていた。意識が戻った時「ここは何処だろう?」……あぁ私は生きているのか?と思った。
三月十四日　賢から電話で「帰って話をするから、あまり騒がないでくれ」と言う。
三月十六日　午後、母と弁護士事務所に相談に行く。
三月二十日　父来る。
三月二十一日　今日より、足を引き摺りながら出勤する。私はもう無理なので迷惑を掛けるし辞めさせてくれと頼んだが、百貨店側と会社からも、ただ居るだけで動かず話だけ、商品説明等、口だけで接客しストックにはアシスタントのスタッフに行ってもらえばいいからと言われ、何とか一日頑張るが、帰る頃には足は象の足の様に倍に腫れ上がり、帰るのがやっとの厳しい状態で、暫くは続けたが限界で辞めさせて頂く。随分後になって気付くのだが、この仕事は違うという神よりのメッセージだったのかもしれない。
話がしたいのに、賢のお父さん達帰って来ない。ようやく帰って来て電話で話が出来たと思ったら逆切れで「自分達の後ろ、周りにどんなのが居るのか知らないのか？　手を引け！」と脅して来た。仕事柄想像は付くが、脅しに怯む私ではない。逆切れに逆切れ「やれるものならやってみろ！」と開き直る。例え殺されようが悪に負けて堪るものか。

三月二十二日　告訴の為に警察へ行く。出血は続く。

三月二十五日　ようやく包帯取れる。

三月二十九日　午前十一時頃、母と東住吉警察へ。三月六日の事件の事情聴取、午後五時前にようやく終わる。担当、T本係長。被害者なのに大変な重労働。帰ると父より午後五時頃、多分、奥さんらしい人より電話があり父が出ると切れたらしい。

三月三十日　朝、警察より職場に電話があった。賢より電話があり私に訴えられた事がショックらしく、かなり反省もしているし借りたお金の事も話して、ごく普通の庶民だし罰金刑位にしかならないので、貸しているお金を戻してもらいスッキリ別離《わかれ》て、示談にして取り下げたらどうだと言ってきた。簡単に済む相手ならすでに話は付いているし、警察なんかに相談には行かない！　それも分からないのか、何の為の警察やら……間に入ってそれをするのが警察の仕事ではないのか？　勝手に話し合え？賢の優しそうに言う言葉にお前らも騙されるのか？　賢の職業を考えても、私が脅された事からでも想像は付くだろうに馬鹿か！と言いたい。むかつく！　事態は変わっている。足もどうなるか分からないというのにT本さんは、庶民の弱みに付け込んで「どうしても訴えるなら調べてやるが相手の仕事も考えないといけないし、今大きなヤマ？を抱えているからそれどころではない、そんな小さな事に関わっている暇はないんだよ。早くても五月の連休後になる」という。どっちが被害者なのか分からない！　腹が立って仕方がない……両親に八つ当たりしてしまう。もし何かの事件で警察から依頼されても、「絶対に協力等してやるものか！」とその時は真剣に思った。警察も出世があるから仕方ないかも知れないが、そんな警官ばかりではない。

その後、また別の場所で警察のお世話になった事があるが、その時の刑事さん達は弱いものの味方、それは親身になり親切だった。一部の悪い例をまともに見せられただけ。

三月三十一日　残業を終えて、午後十時前に帰宅すると、賢らしき男より二度電話があり、一度目は母が出ると切れ、二度目は黙っていると向こうから「もしもし」と言い、母が出るとすぐに切ったらしい。

四月一日　奥さんの兄さんの嫁さんより電話があって、取り下げるように言ってきたらしい。賢は乙梨恵が令嬢でお金を借りているので、二百万円返さなければいけないと言っていたらしい。人を馬鹿にするにも程がある。

一つの脱出

四月三日　父は帰る。母が聖地参拝したいと言うが、私は足が悪いので、お金は出すので一人で行くように言うが、どうしても私と一緒に行きたいという。仕方なく母と小川さん夫婦と一緒に熱海から箱根へ御参拝する。今日のお話は、今の私にピッタリだった。
一　どんな親であっても子供にとっては掛け替えのない親。
二　人の責任、他人を裁く前に自分の罪を考える。
三　人を裁くのでなく、罪を裁くのだ。
四　人事を尽くして天命を待つ。
箱根に行く途中のバスの中で、去年、賢と来た時の事を想い出す。あの時は幸福だと思っていた。一つ一つが想い出だ。あの男はあの男なりに愛してくれて、幸せもあったのだもの、もう許そう。全て神様にお任せしよう。いくら彼を攻めた所で、どうにもなるものではない。例え彼が罪に落とされたとしても。

箱根に着き、私は右膝が曲がらず右足を引き摺りながら、階段も一段ずつ足を引き摺りながらしか歩けないし時間が掛かるので、御神前まで行ったら後はバスで待っているので、教祖の奥津城には母一人で行くように言っていた。ところが、御神前に通じる最初の階段の所まで来て、さぁ登ろうと気合を入れて左足を一段目に上げると、なんと無意識の内に勝手に引き摺っていた右足が独りでに回って二段目に……あまりの奇跡！　嬉しさに思わず叫んでしまった。こんな事ってあるのか？　神様は確かにおられる！　過去二回も命を頂いても何も感じなかった私が、感謝感激ですぐに神様にお礼がしたいと思った。ゆっくりだが一段一段、一歩ずつ奥津城まで行く事が出来た。帰ってすぐに何でもさせて頂きたいと、どんな事でも精一杯させて頂きますからと、無理矢理、聖地の御奉仕をお願いした。

そんな中、午後十時過ぎコレクトコールで賢より電話が掛かってきた。今迄の事を詫びてきた。「乙梨恵に対しては詫びる言葉もない」という「自分を生かすも殺すも乙梨恵次第だし、乙梨恵の気の済むようにすれば良い、懲役二年は間違いないだろう」と。折角許そうと思ったのに、自分勝手な振る舞いを許せず、また攻めてしまう。

四月四日　午後九時半頃、賢より電話「足はどうだ？　ちゃんと治すようにな」と態《わざ》とらしく、そして「正直な所、告訴を取り下げてくれ、頼む！　でないともう二度と話も出来ない」と、私は「それで良い、その方が良い」と言うと、再告訴も再々告訴も私には出来るからだと、どこまでいっても身勝手な奴。

四月五日　また電話で、「告訴を取り下げてくれ！　でないとお金の事も、自分が窓口になって話ができなくなる」と、話にならない。

四月六日　森係長が売場に来て下さる。昔が良かったと言っておられた。大切に思って下さりとても嬉しい。マメちゃんも売場に寄ってくれる。帰り大江ちゃんとお茶して話し心が和む！真如苑という宗教を二週間前位から始めたらしく、自分の因縁を切らなければならない話をしてくれる。あまりにも私は自我が強すぎて、自分の幸福ばかりを考え過ぎていた。聖地へ行き早く心を開ける自分になりたい。神様に御使い頂きたい。賢との事もごめんなさい。私の罪なのに、私の罪の為に起こった事なのに、勝手過ぎた。
四月七日　片岡さん達とグルメでお茶。田舎で３ＤＫのアパートが見つかったらしい。
四月八日　仕事の延長の話。足は大分歩き易くなった。帰り布教所で所長と話し、聖地御奉仕のお話を頂き、青年リーダー会に出て話を聞く。
四月十日　午後八時過ぎ、また賢より電話で、いつもの「取り下げてくれ、乙梨恵も人間なら考えてほしい」と、他に言う事は無いのか？　自分の事しか考えられない、つまらない男だ、またもや許すつもりだったが、素直に許せない。
四月十一日　売場に知人、友人達が来てお茶して帰り、ご参拝して水野君達五名でお茶して送ってもらう。こんな私なのに、とても良い人達に囲まれ、人間を感じ嬉しかった。
四月十七日～二十四日　聖地修養会を御許し頂く。とても純粋に心から神様に尽くしたいと思った。ここでは略すが、見えないものが見えたり、ずっと奇跡の連続だった。御先祖様の事を御祈願した次の日、朝方から左胸が苦しく痛みが出始めた、何とか一日の御奉仕が終わり夕方から徐々に痛みが増し左腕が痺れ、上げる事もバッグを肩に掛ける事すら出来なくなり、夜には激痛で小さな息をするにもキリキリ身動きする事もできず……小学二年の時カリエスをした時のようで、このまま死んでしまいそうに思われた。その時、「供養をされてない人がいるのではないか？」と聞かれ、亡くなる間際まで私の名前だけを呼び続けて亡くなった、広島のお婆ちゃんの事を想い出しましたが、お婆ちゃんの十三回忌前に急に気になり、慰霊をしようと思いましたが、お家の方がきちんとしておられたのを見て、安心してそのままにしていたのを思い出し、苦しい中、もしかしたらお婆ちゃんが……と思いすぐに慰霊の申し込みをしました。そしたら少し楽になってきたのです。

四月二十五日　中井のお婆ちゃんの夢をみました。慰霊の申し込みをさせて頂き、嬉しかったのでしょう「乙梨恵が変わってくれて嬉しい」と言っていました。

四月二十八日　父母が来てくれる。

五月四日　今日話し合いをすると言っていたので休みを取ったのに、結局夕方六時前になって賢の奥さんより電話があり、母と話して八時に話をしに来たいとの事。姉より電話で舐められないようにと言われ、もう一度賢に電話したら本人が出たので、今日はこちらの都合が悪いのでと断る。私の気持ちも完全に醒めた。

五月十一日　午前0時過ぎに話し合いに来る。話にならない。

五月十三日　父帰る。

五月十五日　奥さんより電話。賢より十万円返金有り。弁護士小原先生と会う。

五月十六日　男の子より声を掛けられる。「舐めんじゃねぇよ」と一人泣く。

五月十九日　茅野さんと会う。

五月二十日　水野君に占ってもらう。

五月二十三日　西村さんの悩みを聞く。

五月二十七日　感謝報告発表。
六月四日　東さんより電話で、八日に逢う約束、デート。
六月十日　和美の慰霊の申し込みをする。

お金は恐い

六月十一日　心斎橋のお店に権《ごん》のお爺ちゃんが、私が退職すると言ったので会いに来て下さり、一緒にお茶に行ってお餞別に三万円頂き、家に遊びに来てほしいと言われる。
六月十三日　水野君が泊まる。
六月十四日　朝電話有り、警察へは行かなかった。
六月十六日　水野君と平安郷。
六月十八日　権のお爺ちゃんの所へ行く。この時は敵対していたお爺ちゃんの娘と嫁が一緒に迎えて下さった。お爺ちゃんが特別の部屋に私を連れて行き、二人だけになり、そこで打ち明けて下さった。私に良くして下さったのは、昔のお爺ちゃんの恋人が、お爺ちゃんと一緒になれずに自殺された。その恋人に私が似ていたからだと。毎年家族皆を連れて慰安旅行に海外に行っているし今年も行く。養子縁組をして私も一緒に行かないかと……財産も一部渡したいと言って下さるが、それは出来ない……そんな事をしなくても会いには来ますからとお断りをする。娘と嫁は、私にその気が無いと知るや、お爺ちゃんに近寄る女の人の事を話し出し、お爺ちゃんが騙されて、お金等を引き出させられているから、自分達がいくら言っても駄目だから、松さんの事は一番気に入っているし、貴方の言う事なら聞くから別れさせてほしいと頼まれた。娘も嫁も財産を狙っていて恐い。お互いに私を利用して、お爺ちゃんに気に入られようとしている。

六月十九日〜二十六日　熱海　六月二十六日〜七月三日　箱根、修養会。

七月四日　賢と会う。

七月五日　水野君と会う。ここの所、水野君よく家に来る。

七月十日　まだあまり調子良くは無いが、キムラタンから頼まれアルバイトする。

七月十二日　朝、賢より電話で、三十万円返してくれる。

七月十九日　垣《がき》さん達五人で食事。

七月二十三日　水野君より電話でお茶する。

七月二十六日　感謝奉告祭で報告。

七月二十七日　布教所親睦会。

七月二十八日　キムラタンバイト。

七月三十日　大丸で権のお爺ちゃん、ご家族と会う。

七月三十一日〜八月十二日　帰省　この間の事は省略。

八月十九日　賢の甥の友君《とも》へ賢との事を話す、賢は富山に行くらしい。

八月二十一日　垣さんに送ってもらう。夜、賢より電話、話にならない。
八月二十二日　弁護士と話す。
八月二十三日　警察へ電話、担当のT本さん居ない。
八月二十四日　警察へ告訴。
八月二十六日　垣さんとドライブ。
八月二十八日　小原事務所へ。和《わ》で飲み酔う。
八月二十九日　二日酔い。賢より電話で、もう少し待ってくれと。晴《はる》ちゃん達とお茶。
九月五日　最近いろんな人が誘ってくれて、皆とよくお茶して気を紛らわす。
九月十二日　以前の職場のスタッフ、山ちゃんから電話で今、日生で働いている、働く気は無いか？と、全くその気は無いと断ると、暇だし顔が見たいから会社に会いに来てくれないかと。働く気はないから行かないと言ったけど、話がしたいだけで仕事の事は言わないからと言うので、私も暇だったしお茶するだけの約束で気軽に行った。そしたら上司の井本《いもと》さんを紹介され仕事を勧められたが、きっぱり断ると次は部長、好い加減にしろ！
　全くその気は無いと断っているのに、帰ろうとすると勝手に明日、心大の入り口で待っているからと言われ、断っても、待っていると言われたが「待たれても行きませんから！」と言って帰って来たものの、もし本当に待っていたら可哀そうと思い、次の日に行ってみると待っていた。「もしも本当に待っておられたらと思い、断りにだけ来ました」と言って帰ろうとすると、ちょっとだけ付き合ってと、無理やり連れて行かれた所が合同説明会、仕方なく話だけ聞いて帰ろうとしたが、無駄にはならないから、無料で勉強が出来るし多少お金も頂ける、暇つぶしになるし勉強だけして後は辞めて良いからと頼まれ、私もお馬鹿で素直に聞いて勉強が終わる頃には、この仕事は人の為になると言われ……足が良くなり、この足は神様が下さった足なので、この足を使って他人の為になる仕事がしたいと思っていただけに、私の心理を上手く付かれ、本当に他人の為になるのならと続けてしまった。

九月十五日〜十六日　聖地〜鋸山。

九月二十六日　日生試験。

九月三十日　山下さんより見合い話。ここの所、垣さんよく来たり、電話で相談する。

十月三十一日　磯田《いそだ》君とお茶。

十一月四日　晴ちゃんから片思いの人がいると悩みを聞かされる。その晴ちゃんを好きだけど上手くいかないと新《しん》さんからも悩みを聞かされる。この頃、仲人のようによく間を取り持った。私に好意を寄せる人を好きだと言われたら、身を引き何とか仲を取り持つ努力もした。それで何組か結婚もした。

十一月十三日　大谷部長に昼食をご馳走になる。こんな私を、いろんな人達がお茶や食事に連れて行ってくれる。

十二月二日　年下の磯田君が、名古屋の味噌カツのお店に誘ってくれ、おごってくれた。

十二月四日　水野君が手相を見てくれる。
十二月六日　晴、白神《しらかみ》さんが泊まりに来る。
昭和六十一年一月四日　賢より電話で「逢いたい、また付き合ってほしい……おまえの様な良い女は他には居ない、別離《わかれ》てからよく分かった」と（都合の良い女だったからな！）、性懲りもなく馬鹿な男！　どれだけの事をしてきたんだよ！　全くどうしようもない男だ！　馬鹿にするにも程がある。きっぱり断る（当然だろうが！）。
四月九日　権のお爺ちゃんに会いに会社に行く。お爺ちゃんはとても喜んでくれ、お寿司を取ってくれて一緒に食べたが、嫁の態度……今までお店に来てくれていた時等は、お爺ちゃんが何時もいろいろ買ってくれるし、ご機嫌良かったのに態度がまるで違う。財産を奪われるとでも思ったのか？　冷た過ぎて……お爺ちゃんは可哀そうだが、二度と来てやるものかと思って行かなくなった。それから数年が過ぎ「あの時はすみませんでした。お爺ちゃんが大分弱ってきて、しきりに貴方に逢いたがっているから是非、顔を見せてやって下さい！」と、そこまで言われたら仕方なく、私もずっとお爺ちゃんの幸福は祈っていたので、片道二時間は掛かる所だったが逢いに行った。それから月に何度か行くようになり行く度にお小遣いを頂いた。お断りしたが「せめてもの気持ちだから」と言われ、その気持ちを大切に……頂いたら全てそのままをお爺ちゃんの為に、黙って神様にお爺ちゃんの名前で献金した。ある時、私に指輪を渡したい（これは初めてお爺ちゃんの家に行った時から、私にあげたいと言ってくれていたのだが）と渡され、気持ち程度と思ったら開けてビックリ、あまりに高価そうで「こんなの頂けません」とお断りしたが、「遺品として持っていて欲しい！」と言われ娘達にも「貴方にプレゼントしたいから、その為に私達も買ってもらったのだから、受け取って頂かなければ困ります」と……私に渡す為にそこまで……それならと遠慮なく頂いた。なのにある日、娘が帰りに駅まで送りますと一緒に歩きながら「もう来ないで下さい！」。私「えっ？」耳を疑った。「貴方が来るのを、お爺ちゃんが楽しみにしているから、貴方が来られなくなったら淋しがるから、今の内に」と、訳が分からない。お爺ちゃんは可哀そうだが、そこまで言われたら、それっきり行かなくなった。可哀そうなお爺ちゃん！　ただ、お爺ちゃんが元気なのか？　様子だけ知る為に毎年、年賀状だけは出していた。実際に見ていたかは分からないが、お爺ちゃんからも来ていたので元気なんだと思うだけだったが……ある年は来なかった。暫くして、亡くなられた事を知った。今でも、お爺ちゃんの事を忘れる事は無いし、毎日ご冥福を祈っている。

お金は人を狂わす。お金程恐いものは無い！　愛情もズタズタに引き裂いてしまう。程ほどには無いと困るけど……「程」だね。

異性への相談は恐いね

五月二日　坂岡《さかおか》さんと初デート、日航ホテルで美味しい天ぷら食べた後にラウンジ……だけど、ちょっと面白くなかったな。
五月八日　電車で偶然、賢と会う。不愉快無視。
五月十一日　賢の奥さんに電話。富山に行ったらしい。賢から夜電話があり「苦しくて悲しくて死にたい」と。こっちの台詞だろうが馬鹿言ってんじゃねぇよ！　呆れて物も言えねぇ！
五月十七日　U、国、水野、白神、晴と男女三対三で山科の懐石料理、一日限定二組？　素敵なお庭で情緒があって楽しかった。カップルを作る目的もあった。一組成立。
五月二十六日　貴《たかし》と日航ホテル、香水とお財布をプレゼントされる。
五月二十九日　津田課長とお茶。
五月三十日　貴と阪神・大洋戦に行く。最近、貴と逢う事が多くなる。
六月七日　晴ちゃんの所に白神さんと泊まる。
六月九日　貴と炉端、ジェットスリムに泊まり、キスマークを付けられてしまう。
六月十三日　貴と毎日のように逢っている。今日もお茶して、午後八時半、貴の駐車場で待ち合わせ三十分位ドライブ。賢の事を許す気になる。
六月十五日　聖地参拝、東山荘に入りたくて今日も行くが、やはり入れない。美術館〜参拝〜箱根。
六月十六日　貴より電話があり、また同じ間違いになりそうで逢いたくないと断る。
六月十七日　貴と日航、カレー、セラバーで男の口説き文句……「家が上手くいってない、母と嫁の仲が悪く……」またもこの手か、午後十時頃別れる。
六月十八日　貴から電話で、結婚指輪を外したと。常套手段。
この日、母の手術を聞かされる。
六月十九日　貴に慰められる。
六月二十日　母の手術予定変更。貴と東生駒でデート。
六月二十三日　私より電話して、貴と難波でお好み焼き、お茶デート。
六月二十四日　母手術、六十六歳、子宮の腫瘍、腸の癒着。
六月二十五日　賢と話し、今日起きたら、奥さんが居なかったらしい。
六月二十七日　貴に妹さんを紹介される。
七月五日〜六日　母の見舞いに帰る。
七月十三日　貴にずっと賢の相談をしていた。急に来て賢の事、子供の事を言われ、今なら貴と別離《わかれ》られると泣く。いくら優しく見える人でも、異性への相談は危ないな、殆ど下心ありと見るべし。
七月十八日　母、無事退院。
七月二十日　貴、午前八時に来る。淋しくて困らせてしまい、ついに関係を持ってしまった。午後三時帰る。益々逢う事が多くなる。
八月二十八日　貴、お母さんと奥さんが喧嘩して奥さんが実家へ帰ったと……またかよ。

八月三十日　貴の家、また揉めたらしい。
九月十三日　賢より電話でお父さん癌らしい。人を苦しめると碌な事ないね。
九月二十日　貴に友達、部下等、皆を紹介される。午前0時前、貴来て泊まる。
九月二十八日　貴と初めて二人で朝からゆっくり食事して、初めてのゴルフへ連れて行ってもらう。午後三時帰ってしまったが充実していた。
九月三十日　妹さんの店で妹さんに会う。
十月四日　貴と室生寺へ。
十月五日　貴、息子の春樹《はるき》君を連れて来て、近所の喫茶店で食事する。
十月二十五日　0時過ぎに来る。
十月二十六日　朝モーニングに行き何でも無かったのが、突然、急に腰痛で動けなくなる。痛くて道端にうずくまり、貴が車を取りに行き待っている間、体中が痺れだして痛いし身動きが取れなくなった。真っ青になり道行く人が心配して下さる。意識も失いそうな中、何とか病院へ……救急で、すぐにモルヒネ一本で効かず二本打たれたらしい。それでも痛い、「結石で大の男の人でも耐えられない。喚いて良いから遠慮せず喚きなさい！」と言って下さる。暫くすると嘘のように、先ほどの痛みは何だ？と思うほどケロッとしている。「ここでは入院出来ないので、紹介状を書くから転院して検査からやり直す様に」と言われたが、「まだ、紹介状は結構です」とお断りして帰る。「痛くなったらいつでも来なさい」と言って下さったが、モルヒネを二本も打たれたと聞き、大体の病名も分かったので我慢しようと思う。ケロッとしていたのに帰ったらまた痛みだした。貴は帰り友達が来てくれた。七転八倒が二時間位で治まった。感謝！

十一月二日　午前八時、貴より電話、奥さんが実家へ帰ったらしく家に来るようにと。午前十時過ぎに貴宅へ。奥さんの留守中に貴達の部屋で一日二人、何度も愛し合う……異常だ……。奥さんとは別れるし、お母さんも離婚を望んでいるので紹介すると、午後十時頃帰る。十一時帰宅。

十一月三日　以前から約束していた国君《くに》とのデートをキャンセルした。

十一月十二日　貴とは、やはり良くないのでデートを断り、国君とデートの約束をする。

十一月十五日　国君と一時～九時、京都でデート。年末の第九の話をされるけど、晴ちゃんと何とかしてあげたいと思う。

十一月二十四日　貴と春樹ちゃんを連れて狭山遊園地へ。十一時～四時半頃まで。

十二月三日　国君より電話。

昭和六十二年一月五日　性懲りも無く、賢より電話。

一月六日　貴に別離の手紙を渡し……「まじか？」と聞かれた。

一月七日　午後九時半、貴お母さんが許してくださったと、一緒になれるかもしれない。

一月十五日　春樹ちゃんを連れて来る。大分懐いたが罪作り……。

二月十一日　賢、夕方来る。ドアを開けずに帰ってもらう。

三月五日　貴から渡された本の中にラブレター。

三月十三日　貴と難波でデート、指輪をもらう。情緒不安定。
三月二十一日　やはりこのままでは……、貴が来て、別離を告げる為に涙が止まらない。結局そのまま「付いて来い」と言われる。
四月七日　昼、貴から車の鍵をもらい午後七時過ぎ、貴の車庫の車の中で待たされ、午後七時五十分頃帰って来る。送ってもらい十時帰宅。
四月十六日　私、朝、三十八度の熱で会社へ、発疹が出て午後三時に帰る。風疹に罹ったようだ。白神さん、垣さん来てくれる。
四月十七日〜二十一日　風疹で休む。煮え切らない貴。
六月九日　やはり貴も妻子ある男、皆と同じ。何故……辛く淋しい、男なんて……。
六月二十六日　貴よりセーターをプレゼントされる。
七月九日　貴、ゴルフへ。診査の件で初めて貴のお母さんに会う。以前、紹介すると言っていてそのままで、ようやく紹介され気に入って下さった様で、奥さんの嫌な所、悪口を散々聞かされ「あなたなら……」と言って下さる。貴がお母さんに何と言っていたのか？　妹さんのお店で午後七時十分頃から一緒にピラフ食べて、私は九時五十四分の電車で帰る。
七月十三日　貴のお母さんより電話で契約を止めると。昨日また喧嘩したらしく貴も疲れていた。
七月十四日　貴とデート、天王寺まで車で行き、ハローで食事して帰る。

その後、はっきりしない男に耐えられず、ついに悪戯電話して、彼も耐えられずに終に別れられる。

結論

金銭の貸借は不幸を生む。お金を貸す時は、あげると思う事。別れたくてもお金が絡むと地獄。本当に別れたければ、お金は諦め捨てる事。そうでないと、もっと大きな代償を生む事になる！……これは賢との事で相談した時に頂いたアドバイスです……私は欲に駆られ、取り返しの付かない地獄、抜け出られない泥沼に嵌まり込んでしまいました。

人は皆、こう生きようと思って、そのまま生きられる者は希だと思う。思ってもみない、考えてもみない方向に、向わされてしまうのが常であろう。それは神様が、本然の道に導いて下さろうとする、御意志があるからである……。

ドイツの哲学者・ヘーゲルは――

「歴史には幸福なページはそう多くない。そして、幸福なページは空白だ」と述べている。

友から言われた、私から男の陰が消えた事が無いと……一つが終わろうとすると次があり、途絶えた事が無いと……多くの罪を作ってきた。

私は仕事にだけは恵まれ、何時も上手く行くと言ったが、良く考えると人並み以上に努力は惜しまなく……休憩もしなかったり、遅くまで残って時間を惜しんで、澄ました顔をしながらも水鳥の様に、いつも水面下では一生懸命に足を動かしている。

第七章　詐欺師

同棲・結婚・ちょっと待て！

愚かなペテン師（死）の物語。
貴女の側に、悪魔の影が近付いている。
貴女は、人の魂の中に、巣くう悪魔をご存知だろうか？
世間一般に、世にも奇怪な、こんな話を聞いた事がおありだろうか？
地獄に引き摺られていく人も多い……
詐欺師、ペテン師、詐欺師、ペテン師と言われる人は多く……

詐欺師、ペテン師、特に女を食い物にする輩は多く、外見、格好良いと言われる人が多いように想像しがちである……私もそうだった。しかしその実、こんな男がと思わせる様な……奥手風に見せ、なかなか手も出せず醜男のくせに紳士風に見せ、気が弱く、この人可哀そう！と同情を引かせ、断ったら悪いような……母性本能を擽り上手く女に接近する男もなかなか多い。事実は想像を絶するものがある。

これから、お話しする物語は、世にも恐ろしい！　毒蜘蛛にも似た悪魔に魅入られた女達の、悲しい物語である……。

悪魔の誕生

戦時中の昭和十六年八月二十四日、疎開中の四国、海に近いある村で、その子は次男として誕生しました。両親は大阪で中堅の会社を経営していました。

良夫《よしお》が生れて間もなく、両親は大阪へ……幼い良夫は祖父母に預けられ、周りも手を焼く腕白小僧として育ちました。小学校に上がる頃、ようやく両親の元に引き取られ、これから幸福な生活が始まるはずだった。しかし良夫を引き取った両親に、不幸な事件が相継ぐ。

良夫は、疫病神のレッテルを貼られ、良夫の行く先々、周りに不幸が続く……小さい頃からお前は疫病神だと言われ続け、両親の愛情も受けられないまま捻くれて育ってしまいました。彼を引き取った両親の会社は、それまで順調だった事業も、朝鮮戦争の終結も手伝い鉄の需要も少なくなり、徐々に衰退して終に倒産の憂き目をみる事になりました。

兄は優秀で目を掛けられ大事に育てられたのに、彼は学業も振るわず出来の悪い阻害された男の子で、家業の倒産もあり高校卒業後は終に家を出て、家業の立て直しを夢見て社会の荒波の中へ……。自動車会社に住み込みで働きました。しかし、生来の人一倍のプライドの高さと自慢話、他人の話を聞こうとしない、自意識過剰等で仲間とも上手くいかず、なかなか認められる事も無く、うだつの上がらない男は僅か一年足らずで辞めてしまい、暫く遊んで暮らす事になる……そんな彼に一つの転機が訪れました。

ある宗教との出会いである。いろんな宗教に触れ一つの宗教に辿り着く。そこで一人の指導者との出会いが……二十歳を過ぎて、ようやく本を読むようになり勉学にも励むようになる。その頃から彼の中の悪魔も同じ様に育っていきました。不器用で男前でもなくダサイ男、しかも見栄っ張りで取り柄の無い男には友も無く、ましてや彼女なんか出来るはずもない。次に就いた仕事が、繊維関係の仕事。そんな時に、昔近所に住んでいた幼馴染の恵子《けいこ》との出会いが有り、結婚で二人の男児を儲ける。しかし二人の結婚生活は平凡ではなかった。遊び好きな良夫が毎日の様に飲み歩けば、恵子の方も幼子を寝かし付けると、良夫とは違う店に一人で飲みに……ある時はバイトに行く。自然、男の陰もチラつく。良夫は良夫である時、恵子の知人の娘、愛《あい》と街で偶然に会い食事をして巧みに惑わし、関係を持ってしまう。愛は良夫への同情から、密会を繰り返すようになる。

結婚はしたもののお互い自由に遊びまわり、結婚生活も長くは続かず……ついに離婚。

二人の子供は恵子が引き取り、愛にも見放され、子供好きな良夫は最初は逢いに行き、子供を連れて遊びにも行ったりしてたが、恵子との復縁が無理と気付き自然に離れていく。自分の裏切りは忘れ、まるで自分が裏切られた悲劇のヒーローの様に打ちのめされる。生来、女のような細かい神経質さがある。プライドの傷ついた良夫は怨む心も手伝い、自分を裏切った事を後悔させる為、見返してやるとばかりに聡明そうで美女ばかりを狙うようになる。外見とは違いスマートで紳士風を装い（鏡を見た事無いのか？　自分を知らな過ぎ！）。それが良夫の最大のテクニック！　結婚相談所等、いろんな所に網を張っていた。

巧みな誘い

美人で教養もある藤子《ふじこ》は、三十歳も過ぎ結婚の焦りも感じていた。良夫の肩書きに惑わされ……「自分は絶対に間違いは起さない。自分に限って騙される事も無い」と思っていた（そんな人程、騙されやすいんだけどね！）。藤子は良夫と同じ会社で働き、頼られ母性本能を擽られた藤子は、「私がこの男を支えてあげなければ……」と思うようになる。

しかしその頃良夫は、やはり美人でやり手の実業家、紗枝子《さえこ》と同棲していた。紗枝子の家族は女三人で警備の為もあり、男の存在が欲しかった。そんな時に、うだつの上がらない良夫と知り会う。一応、肩書きだけはあり、口数少なくおとなしそうで害の無い男に見えた良夫を、只警備になればと、居てくれれば良いだけの男と思い家に入れてしまった。最初は良かったが直ぐに化けの皮が剥がれる。自分のお金は持たないのに好き放題に金使いは荒く呆れるばかり……終に追い出され、同じ会社で働いていた藤子に縋りつく。

良夫は発想やセンスはあるがそれ以上のものが無い。試みはするが上手くいかず終に会社に損失を与えしまい、その上多額の借金もして逃げてしまう。紗枝子からは追い出され……。しかし自分が会社にお金を貸したまま、会社が倒産寸前で社長が逃げて、お金が返してもらえないと嘯《うそぶ》いて、相変わらず偉そうに北の新地で飲み歩いている。新たな獲物を求めて……西や藤子を誘い、新たな仕事も自分で始めようとしていた。

そんな時に新地でアルバイトしていた乙梨恵とも出会う。お店のママも巧みに信用させ、不細工なのに紳士風でキザな、もて男を装い……上手く乙梨恵も食事に誘われ……ある時、良夫の住んでるマンションの近くの服部緑地に、良いお店があるからと誘われ食事して行き付けのバーに行く。あまり酔う事の無い乙梨恵が化粧室から戻り、暫くすると頭が朦朧としてふらふら……一人歩く事が出来ない程に……気丈に振る舞い、その頃、宝塚のマンションに一人住まいしていた乙梨恵は、タクシーで帰ろうとするが足も立たない。良夫はいかにも親切そうに、このままでは無理だから自分の家で少し休んでからにしなさいと……優しいと思ったが後で振り返ると、マスターとつるみ盛られていたのだ。

何とか担がれ寝かされたようで、気付くと……シャパスの〝九月の朝〟水辺の清楚な裸婦像が目に飛び込む……素敵な画だ。お洒落なインテリアと上手い演出に負けたな！

お付き会いが始まり、夜の仕事が終わると毎日、緑地公園の駅まで迎えに来てくれて、何と優しい男と思わされ幸福だと思っていた。

プロポーズされたが、私には貯金も無いし……と言うと、「お金なんか無い方が良い。前の女は逆に、お金を持っていたばかりに上手くいかなかった」と。何故こんなに急ぐのか?と思ったが、早く引っ越して来いと上手に言われ……。

結婚すると両親に挨拶。その時に流石母さん、玄関で挨拶した時「何処の馬の骨とも分からない!」……ときつい事を言って上げてくれなかった。

水商売をしていて男を見る目があるからと、叔母に会ってもらう事になるが、何とその叔母も上手く騙し、叔母に「男前では無いが実直そうで良い人」と気に入ってもらい、両親も高級ホテルで食事をして、身体の弱っていた父は「これで安心、何時死んでもいい」と喜んで……新婚旅行も演出、行かなくても良かったのに、両親を安心させる為とお金も無いのに、私に立て替えさせておいて、行った先からも手紙を出させたりし、上手く信用させ巧みだな! あっという間に一緒に住む様になり、夜の仕事も辞めて……。

暫くするとピンポン五月蝿い呼び鈴が……身を潜めて出ようとしない。借金取りに追い立てられていた様だが、いつも色んな口実で、お金を貸してる前の会社の社長が、自分を頼って五月蝿いから関わりたくないとか、誰が来ても絶対に出てはいけないと……(馬鹿な女! そこで気付けよ!)。

その内に家にばかり居ないで働いた方が良いと言い出し、私も昔取った杵柄、高級ブランドの出店があると勧められ面接を受ける。偶然に昔の私を知ってる人が面接官だった事もあり受かり、ファッションの仕事を始める。そこがクローズになった時、たまたま良夫を知っていて、出向でそこに来ていた支社長から、皆には次に働く所を何処か紹介すると言われたが、私には「貴女にはその必要ないですね。ご主人は社長だから」と、この人も騙されていたのか？と驚くばかり……後にこの会社も狙われ、餌食になりそうだ。

ハーレム

仕事を失った私は仕事が無いと言うと、その時すでに会社を立ち上げていた良夫は、自分の会社を手伝うか？と連れて行かれ、赤の他人の様に紹介され？……それもそのはず、結婚の事は一切言わず……ここはハーレムか？　藤子をはじめ、自分が手を付けた女ばかりで、それぞれに口止め……女を家に連れて来ても私は只の同居人。何て言葉巧み……結婚詐欺師だったのかも？洗濯機が壊れた時、私が五月蝿く言ったもので藤子に用立ててもらって買ったらしく、私が会社を辞めて彼と別れる時にお金の事で揉めて、たまたま洗濯機の話題が出て、その時にたまたま藤子が聴いていて「あの洗濯機は私が買ってあげたのに返して」と全ての事情を知った藤子は、私に飛び掛らんとばかりに怒りの鉄拳！　藤子は良夫の為に他でも働いて貢いでいた様で、そこまで尽くしたお金を他の女に貢がれていたとは……可哀そうにも程がある。私も社員に給料が払えないとか言って、何度泣き付かれ「必ず返すから」と何度騙された事か。まぁそれ以上に私は家賃から生活費は一切出して無いので、自分で家賃を支払って生活したと思えば良いかと、自分に言い聞かせた。

　良夫は次の獲物を探して……私には上手く「借金で迷惑掛けたく無いので別れよう、自分と居たら火の粉が降り掛かる事になるかも知れないし、迷惑掛ける事になるから、借りているお金は返すから」と言葉巧みに……結局、私は彼の姓を名乗り、皆には結婚した事にして入籍はせず、両親、親戚まで騙し、当然、夫として父の葬儀にも出ていたから……だから離婚届けも要らず、別に住めば大丈夫だからと、結局全て嘘！　お金も返らず。

　時々は私の所へも来て一緒に食事したりもしていたので……ある時、彼の留守に、どう生活しているのか？と忘れた荷物を取りに行ったら、女を連れ込んだ形跡あり……最低！

　腹が立ったので彼が大切にしていた物を持ち帰り、来た形跡を残した。怒った彼は夜怒鳴りこんで来て……当然ドアは開けないので、どんどんと戸を叩くし、私は無視。余りの騒ぎに大家さんが出て来られ注意され……もう駄目だ。潔癖な大家さんで、私も追い出されると思ったが庇って下さる。恐くて警察を呼ぶ。この日は大家さんと警察に助けられ、また何時でも連絡する様にと言われる。暫く知人の家でお世話になる。何時事件が起きてもおかしくない状態だった。

　それから暫くして前のマンションの大家さんから電話で、数ヶ月家賃も支払わずに終に夜逃げしたと。私に連絡先を教え、家賃も支払う様に言われたが、私も知らないし事情を話すと理解して頂けた。まだ私が住んでいた時、大家さんと親しく話したりしていたので、「貴女も大変だったのね」と慰められ、誠をもって接すれば分かってもらえると感謝した。

あんな警察を巻き込む様な事件を起したので、「出て行ってくれ！」と言われると思ったのに、逆にとても親切に家族の様に大切にして下さり、何時までも居て下さいと……愛に感謝！

そういえば、私は詐欺の片棒を担ぐ寸前で救われた。辞める前、良夫と相棒が、ある大手の会社を騙す相談をしていた。「それは不味いでしょう」と言ったら騙す訳ではないと上手くかわされ、疑問に思ったがその会社の知り合いにアポを取って、私も商談に連れて行かれた。相手は上司に相談をしてみると即決されないで後日断られ安心したが、もし商談が纏まっていたら大損害を受けられたと思うと、商談した人もただの社員で個人の損失は無く会社が痛手を受けるのだが……昔の知り合いとはいえ、そこまで信用させてしまうとは恐ろしい男達だ。私も詐欺の片棒を担いだ様で気が気ではなかった。寸前で助かった。

いくら見た目、表面はきれいそうに見えても、お腹の中は真っ黒という事もある。

自分は絶対に間違いは起さない。自分に限って騙される事も無いと思う人こそ危ない。一歩間違えれば皆、被害者、加害者にもなる要素を持っているのです。いや、可能性があるのです。偉そうな事を言うようですが、実際にそんな目に遭い、また遭いそうになった人に限って〝まさか自分が……〟と言うのです。

懺悔

私は良夫を怨み、悪事をばらし仕事も出来なくしてやりたいと思った。でも、私には相談出来る人が居た。「それをしたら自分が惨めになるだけだから、それだけは止めときなさい」と言われた。それでも気が済まないし落ち着かない。教会に行き、御浄霊を頂き瞑想して一人祈願する……「花笑み」という本を見て、碧雲荘に活けられた野草の花々と、そこに晩年メシヤ様がお住まいになっておられた事を想い、メシヤ様の御日常を伺い知る事が出来、間近にメシヤ様の息遣いを感じられる様で、ずっとメシヤ様を想い続けながら、メシヤ様を間近に感じ、胸の高鳴りを感じながらゆっくり読み続けた。

全ての忌まわしい出来事等、何処かへ消えてしまい、そして身魂磨きをする内に、心から私の過去をお詫びする気になりました。私がこんな目に遭ったのも全ての原因は私にあった。良夫と一緒になった時、昔自分が犯した過ち自分が犯した罪が、彼奴と自分に襲い掛かっても仕方が無いとメシヤ様に言った事。その時はまさか実際にこんな事が起ころうとは想像も出来なかった。この人に浮気が出来るなんて、まして相手にする女が居るなんて、たかを、くくっていた。でも悲しみに遭い始めて目が覚めた。自分の犯した罪が自分の身の上に起こっただけ、皆は使われた存在！　そう思えた……昔不倫をした。でも自分の望んだ道では無かったと……そうなるまで自分は絶対に避けようとしていた道だと。しかし降りかかってきて、相手を怨み奥さんを怨み、奥さんのせいにして自分を正当化しようとして来た。自分は飽く迄、被害者だったのだと……しかし今考えてみれば、全て身から出た錆「天に唾すれば、戻される」その通りだと今初めて思える。奥様達がどんなに苦しまれた事か！　どんなに私を怨まれた事か！　今は申し訳なさで一杯だ。心からお詫びをしたいし、幸福をお祈りしたい！　その心で一杯です。今は、あの人を怨む所か、私の罪を取ってくれて申し訳ない！　有り難い！とさえ思っている。そして私の子宮がおかしくなったのも全て奥様達の、そしてあの男達が裏切った女の人達の恨みのせいだ。という事も気付かせて頂きました。

多くの人達に言いたい。

今だけの快楽に耽る事が、自分で自分の墓穴を掘っている事を……後々、大きな不幸になっていく事を……想念、執念のいかに恐ろしいものかという事を……。目に見えない、貴方のすぐ側で多くの怨霊、妖怪達が、いかに蠢《うごめ》いている事か。それは全て自分で作ったもので誰を怨む事も無い！　自分を怨む事です。自分が悪の種を蒔き、悪の実を実らせ、そしてどれだけ自分で苦しんでいる事か……。

誰も実際には見ていないので信じられないだろうが、現世綺麗に見える人でも、前世の罪の重荷を抱えて生きているのです。いつ何時その清算の憂目を見るかは誰にも分からない。その覚悟を持って生きれば大難が小難に、生きられるのではないでしょうか。

多くの人に私の様な生き方、過ちは犯してほしくはありません。だから私は自分の生き方を告白、自分を告発したのです。とても恐い事でした。でもこれが私の使命だと思って……。

そして誰一人……苦しみの泥沼に嵌《は》まり込まない様に……。

誰にも言わず一人で苦しむ事だけは止めて下さい。決してあなたは一人ではありません！

必ずあなたの側に、あなたを愛してくれる人が一人は居るはずです。

おわりに　人生に思う事

私の人生という不思議な旅にお付き合い下さりありがとうございました

自慢ではないが、私の人生では裏切り・不倫・自殺未遂・殺傷沙汰・神との出会い・神社巡り・転居等、しなくても良い事……そういう事が起きています。

それどころか、私ほど人生において、波乱万丈の経験をさせられ、苦しんで何度も自殺を望んだ人間も、そうそう居ないのでは無いでしょうか。「でも」というか、だからこそ私には、他人の苦しみが多少なりとも理解できるのでは？と思っています。これも神が私に与えられた試練だったと今は思えるのです。後ろ指を差されそうな私ですが、今現在、山ほど悩み苦しむ人の一助ともなればと思っています。

恋愛、特に、不倫に関しては、他人に理解されないものは、少なくない様に思っています。特に不倫に関しては、自分から進んで望む者は希ではないでしょうか。

何故今？……今だから書けるのです。今でしょう！（ちょっと古い？）。

何故か？　私はすでに高校生の時、文才も無いのに、図書館の裏の池の所で友に「何時かは（女の一生）を書きたい」と言っていたのです。その時の光景はいまでも鮮明に瞼に浮かびます。

これは神が私に与えた使命だったのではないでしょうか。

何時かは……と思わされてから、口に出したその時から、すでに始まっていたのでしょう……不思議と山ほどの体験が、望んでも居ないのに、まるで振って沸いた様に次から次へと起こり出したのです。

私の人生は、この本を書く為に、神が準備されたシナリオなのかもしれない……そのシナリオ通りに生きた私なのかも……。

何を何処から、どう表現すれば良いのやら？　考えれば考えるほど分からなくなるのです。

当時の私に取って、こつこつ積み上げて来た物が一瞬で破壊されてしまうのです。だが、それ以上に私を苦しめたのは、この本を書かせる為に、神が遣わした使徒だったのかもしれません。

結果的に私の人生に与えた影響は大きい。悲しく辛い体験をした事により、私は友を救う事も出来たのです。

登場人物の殿方には、「何時か？　私は自叙伝を書く。その時になって後悔しても知らないよ！」と言っていました。笑って「乙梨恵は凄いな！　益々遠くに行ってしまうな」なんて言ってた人もおりましたが。誰が本気にしましょう。

今は、悪しからず……と言いたいです。「悪しからず……」

この本は、私の人生の振り返り、反省の本とする。

事実は小説よりも奇なり……フィクションか事実か、読者の皆様の判断に委ねます。そして今私は導かれ、明治十七年まで新潟の砂岡の神明宮のあった跡地で、現在庭山さん宅に住んでいます（明治元年の神仏分離令、廃仏毀釈運動により、砂岡の神明宮の御神体は一時は亀田諏訪神社に預けられ、その後、袋津に合祀され、社殿は船戸山に移築されたようだ）。

庭山石松さんがこの地を購入される時に、近所のお年寄りから「この地を購入した人は皆、事業の失敗や不幸に見舞われ、新地のまま家も建てられず、手離さなければならなくなってるので、ここだけは止めておきなさい！」と忠告を受けられたそうです……当然、庭山さんは草一本生えてない新地を開墾されたのです。

この地を購入された庭山石松さんは、後に、越の国の女王、菊理媛命の御代理の御用を仰せ付かったようです。

［注］菊理媛の呼び方（お名前）について

神様はお働きにより、いくつものお名前を持たれる事がある。

菊理媛《ククリヒメ》は、天照大神が御出生になられた時、泣き声を重要な言葉として聞き取られた事から「キクリヒメ」とお名前を頂かれたとある。

■参考文献等

『天国の礎』岡田茂吉／著（世界救世教編集）・メシアニカゼネラル
『亀田の歴史』亀田町史編さん委員会・編纂
「Yahoo! 知恵袋」から引用
麻耶姫伝説
箱根の九頭龍伝説
その他、インターネット等より、引用

次回に私の体験……神との遭遇……神社巡り……等が書けたらと思っています。

著者略歴

松　乙梨恵（まつ・おりえ）

1956年5月、山口県に生まれる。長門高等学校卒業後、大手デパートに就職。その後、生命保険会社で営業職、メーカーより派遣されデパートでの販売など多数の職を経験。山口県を皮切りに、大阪、宝塚、神奈川県等に移り住み、現在は新潟県在住。
本作が第一作目の出版となる。

女の一生

2023年3月3日　第1刷発行

著　者　松　乙梨恵
発行人　大杉　剛
発行所　株式会社 風詠社
〒553-0001　大阪市福島区海老江5-2-2
大拓ビル5-7階
TEL 06（6136）8657　https://fueisha.com/
発売元　株式会社 星雲社
（共同出版社・流通責任出版社）
〒112-0005　東京都文京区水道1-3-30
TEL 03（3868）3275
装幀　2DAY
印刷・製本　シナノ印刷株式会社

ISBN978-4-434-31250-2 C0093